ケダモノ屋

〈一〉

「『狼の　高笑いする　麹町《こうじ》』……」

突然、声が飛んできた。見れば榎《えのき》の大樹の下に人が立っている。一瞬、ギョッとしたが、すぐに思い当たって浅右衛門《あさえもん》は微苦笑した。

「久《きゅう》さんか？」

「聞いてくれ、ヒデェや、浅《あさ》さん。俺ぁ今日、同輩たちに無粋者だと散々《さんざ》っぱら笑われちまった――」

木下闇《こしたやみ》から飛び出して来たのは黒紋付きの巻羽織《まきばお》り――そう、その姿からわかるように同心だ。名を黒沼久馬《くろぬまきゅうま》という。南町奉行配下の定廻《じょうまわ》りである。

「さっきの句を聞いて、俺が『そりゃ、山田《やまだ》浅右衛門が麹町に住んでいることを詠んだんだろう』と鼻高々で言ったらよ、与力の添島《そえじま》様まで、腹を抱えて笑いやがる」

「久さん、そりゃ笑われるわな」

浅右衛門も噴き出した。

「その句はな、麹町はケダモノ屋で有名だが、流石にそんな麹町でも狼の肉は売らない。だから狼は安心だろうと、茶化してるのさ。俳句の諧謔《かいぎゃく》ってやつよ」

「へー、でも、ちょっち当たってるじゃねぇか。つまり、麹町には狼が住んでるってことだろ？　で、麹町にいる狼なら、あんただろう？」

「――」

俳諧の手解きは脇に置いて、眼前の人間を『狼』だなどと平気で言ってのけるこの男……それを憎めない自分にまた微苦笑する浅右衛門である。この、狼と呼ばれた男――浅右衛門は、今は品の良い黒羽二重《くろはぶたえ》の着流しだが、先刻までは袴に股立《ももだ》ちして、上衣は襷掛《たすきが》けの凄愴な姿だった。名を七代目・山田浅右衛門という。代々、咎人《とがにん》の首打ちを生業《なりわい》としている〈首斬り浅右衛門〉だ。

時は天保六年（一八三五）、六月。二人は、お江戸は日本橋小伝馬《こでんま》町の牢屋敷《ろうやしき》の玄関前に立っている。

「それにしても、実は先刻まで土壇場《どたんば》を覗いてたんだが、首を打つ際の浅さん、相変わらず見事な技の冴えだな。いや、本当に感服せずにはいられない。人間ここまで極められるとは！」

（その人間をさっきは狼と言ったくせに――）

「なんでぇ、浅さん？」

首打ち人がクスッと笑ったのに気づいて、久馬が訊いた。

「いや、俺が狼なら、久さんは何かな、と思ってさ」

「へー、面白れぇ！　俺は何に見える？　そんな似合いの句があるのか？　聞かせてくれよ。俺をケダモノに例えるなら、ウウム、流石に竜は自惚《うぬぼ》れ過ぎだが、あ、虎だな？」

「『鹿の子の　人を見ならう　木陰かな』。どうだ、ピッタシだろう？　ちなみに一茶《いっさ》の句だよ」

同心は両手をブン回して怒った。

「俺の何処が鹿の子だ！　冗談にもほどがある！　こんなに上背があって、眼光鋭いイイ男を捕まえてよ！」

「いい男か……ま、それは否定しないよ」

浅右衛門は眼前の同心を繁々と眺めた。黒羽織の裾を腰に巻き込んで着る巻羽織《まきばお》り姿は、これが粋だと江戸っ子に讃えられている。同心は町人が最も身近に接する武士――武士階級では最下層の御家人だったので、同心側も意識して町人受けする格好をしているのだろう。

その黒羽織の下の着物は女身幅《おんなみはば》だ。普通の男仕立てよりぐっと幅が狭い。だから体にピッタリする。裾を割れやすくして、いざという時すぐに走れる工夫なのだが、これも粋と持て囃された。

まだある。小銀杏《こいちょう》と呼ばれるスッキリ細い洒落た髷《まげ》は町人好みで、武士では同心だけがこの結い方をした。久馬はそれら全てが、このまま生まれて来たんじゃないかと思うくらい似合っている。江戸のモテ男、花の同心ここにあり。

だが、見ろ。木陰で自分を待っていた際の瞳は、生まれたての鹿の子そのものじゃなかったか。まっさらで濁りがなく妙に儚《はかな》い。そのくせ何でも見てやろうという好奇心に溢れている。

あの目がイケナイ。最近、浅右衛門は黒沼久馬との付き合い方に関して、これでいいのかと真剣に悩んでいた。

この二人の出会いを語るには、首打ちについてから始めなければならない。

元来、斬首刑〈首打ち〉は同心の役目で、これには町奉行所勤務の、一番新任の者が当たった。だが、首を打つ行為は精神的にも技術的にも生半可な腕ではできかねる。いつの頃からか、同心は首打ちを山田家に依頼するようになった。久馬も例に漏れず新任の際、浅右衛門へ首打ちを依頼した。それ以来の付き合いである。と言うより——久馬が初日から、『俺たちは似ているので馬が合う』と言って付き纏っているのだ。実際、二人は同い年で当年取って二十二歳の独り者。背格好も似かよった長身《ちょうしん》瘦躯《そうく》。だが、似ているのはそこまでで、二人は色々な意味で対照的だった。

（一体、久馬はそこら辺に気づいているのかどうか……？）

浅右衛門の方が互いの差異を強く意識していた。

同心が一代限りというのは今や建前で、嫡子相続が慣例化して久しい。父が同心なら息子は十四、五で〈見習い〉という形で父に付いて回り、仕事を覚える。そして、父の引退と入れ替わりで役職を継ぐのだ。余程の失態がない限り一生安泰である。幕臣としての位は低くとも、実は町奉行職は身入りが良かった。藩士の不祥事に手心を加えてもらいたい各大名家や、優遇を期待する大店《おおだな》からの付け届けが絶えないのだ。

そのためか、一人息子の久馬も苦労知らずの鷹揚《おうよう》さが匂った。何より屈託がなく底抜けに明るい。一方、浅右衛門が七代目を継いだ山田家はすこぶる特異な家柄だった。まず、山田家は正式には徳川家に仕官してはいない。あくまで〈浪人〉の身分なのだ。

これは首打ちという職種が不浄故《ゆえ》、山田家の方から仕官を辞退したというのが真相らしい。とはいえ、その首打ちは副業として請け負っているもので、本業は将軍の差料《さしりょう》の切れ味を鑑定する、御様御用《おためしごよう》。将軍自身の佩刀《はいとう》は元より、家臣へ下賜する刀や、藩主から将軍へ献上する刀の吟味《ぎんみ》も請け負っている。だから、浪人ながら藩主や家老たちとも関係が深い。

この複雑な立場から他の人間は浅右衛門に近づくのを避けるのだが、久馬は全く意に介さなかった。先刻のように平気で『狼』呼ばわりするくせに、姿を見つけると嬉しそうにトコトコ寄ってくる。逆に、このままでいいのか浅右衛門の方が拘《こだわ》ってしまう。実際、自分と久馬では、全く住む世界が違った。そろそろ付き合いはやめる頃合いかもしれぬ――

と、思いつつ、夏の木洩れ日を受けて立つ眼前の男を嫌いになれない自分に驚く浅右衛門だった。

まるで、何処かにうっかり置き忘れたもう一人の自分のように思える。だから、気になるのだろうか？

（いや、〝うっかり〟というのは正しくないか。俺は意識してそれまでの自分を切り捨てたのだ。初めて首打ちというお役目を果たした十二の歳の朝に）

浅右衛門は唇を引き結んだ。

罪人とはいえ人の命を絶つ以上、明朗であってはいけない。一生涯、厳粛に身を正していなければならない。そう決意した早春の朝の匂いが、未だ鼻腔に残っている。

だが、その悲壮な覚悟が、この男といるといとも容易に揺らいでしまう。一緒に肩を並べて見る景色が面白くて、もっと見たいと思う。

それに今、この男をほっぽり出したらどうなる？　俺が去った後で何かあったら後味が悪いではないか。というのも……

そう、精悍な容貌に反して、久馬は剣がからっきしなのだ。

(待てよ。ということは、コイツ、俺を用心棒代わりに利用しているのかもしれんぞ)

そんな風にあれこれ思いを巡らす浅右衛門をよそに、久馬は真っ白い歯を煌《きら》めかせて言った。

「いやな、浅さん。今日、出向いて来たのは他でもない。ぜひ同道してもらいたいところがあるのさ」

「ほう？　天下の同心殿に護衛を頼まれるとは光栄至極……」

もちろん、皮肉である。だが、久馬はケロリとして言ってのけた。

「護衛だなんぞと考えたことはねぇよ。ただ、俺は生きるも死ぬも浅さんと一緒と決めてるんだ。三国志でよ、出会った日に男たちが誓うだろう？　あれと一緒さ。『死に切って　嬉しそうなる　顔二つ』」

「待った！　それは男女の心中の句だ。久さんが言いたいのは〈桃園の誓い〉の『同年、同月、同日に生まれることを得ずとも、同年、同月、同日に死せんことを願わん』だろう？」

「そうとも言う。ま、いいじゃねぇか、細けぇことは言いっこなし。似たようなもんさね」

「――」

今こそ、よぉくわかった！　この男の〝似たようなもの〟の意味が。なにが、『俺たちは似ている』ものか！　愕然とする浅右衛門の肩をポンと叩いて、久馬が続ける。

「そんなことより、一緒に行ってもらいたい場所は麹町のケダモノ屋なんだよ。実はさっきの狼の句も、この件が話題になった際、出て来たんだ。この事件、浅さんも知っているだろう？　何せ近所で起きたんだから。ほら七日前の六月一日――」

その日、麹町は平川町のケダモノ屋に押し込みがあった。

ケダモノ屋とは獣肉を商う店の総称で、平川町三丁目から山元町、森木町界隈まで軒を連ねたその一帯が人呼んで〈ケダモノ横丁〉だ。山田浅右衛門邸は平川町一丁目である。久馬が近所と言ったのが理解できよう。

このケダモノ横丁の一軒、〈山奥屋《やまおくや》〉に夜半、賊が押し入って番頭を斬殺した——尤《もっと》も、今をときめく大店《おおだな》の呉服商や両替商、米問屋などを襲って、蔵に積み上げてあった千両箱を残らず盗み取った、などという派手さはなかったので、さほど江戸っ子の噂にはならなかった。浅右衛門も、そういやぁそんな話があったな、という程度の認識である。

「ありゃあ、被害の方も大したことがなかったんだろう？　奥座敷に寝ていた主人夫婦は無事だったし、金品が略奪されたわけでもない。まあ、殺された番頭には気の毒なことだが、肉の塊が一つや二つ盗られたくらいか？」

「だから、却《かえ》って妙に気になるのさ」

久馬は、渋好みの銀鼠縞《ぎんねずみじま》の襟を頻《しき》りに引っ張って続ける。

「こりゃあ、ひょっとして……労咳《ろうがい》を患った老母のために、孝行息子が泣く泣く犯した事件かも知れねぇ」

労咳は今で言う結核のこと。この時代は死病だった。一度かかってしまえば、精のつくものを食べさせるくらいしか手がない。ケダモノ——獣肉の売買が公式には幕府ご禁制ながら、横丁ができるほど繁盛している理由はここにある。獣肉は〈薬〉、肉食は〈薬食い〉と称されていて需要が絶えなかったのだ。

下手人をいきなり孝行息子と想定するところが、いかにもこの男、久馬らしいではないか！

浅右衛門はまた、ひっそりと青葉風《あおばかぜ》の中で苦笑する。


〈二〉


件《くだん》のケダモノ屋は平川町三丁目。山田浅右衛門の自邸は同じ麹町は平川町一丁目で、確かに近い。どうせ帰り道だから寄ってみようということになった。もちろん、久馬のごり押しである。いつもこんな調子なのだ。

（まあ、いいか。また一つ新しい景色を見てみよう）

二人が連れ立って牢屋敷《ろうやしき》の表門から出た途端、声が掛かった。

「もし、黒沼様であらせられますか？」

「そうだが？」

見れば、歳の頃十六、七。前髪も麗《うるわ》しく、白梅の凝《こ》ったような若侍である。涼しげな紗綾《さあや》型の白の小袖に、縹《はなだ》色の袴。腰には細身の大小を落し差しにしている。帯に輝く根付が、また風情があった。玻璃《はり》だろうか？　玉を煌《きら》めかせて駆け寄って来ると、若侍は言った。

「こちらにいらっしゃると聞いて、ご無礼を承知で待っておりました。私の名は三島《みしま》鹿内《かない》と申します。江戸の薩摩藩邸で小姓組に勤めておりまして……他でもない、過日の辻斬りの件でお願いがあるのです」

怪訝そうに眉を寄せる久馬に、若侍は続けて説明する。

「去る六月二日、京橋川は比丘尼《びくに》橋であった辻斬りの件です。その際、斬り殺された者は私の知己《ちき》でした」

そこまで聞いて久馬は思い出した。

「あ、あの一件か――」

「友は示現《じげん》流を使う剛の者。辻斬り風情に討たれるような男ではありません」

示現流は薩摩藩御流儀の剣術で一撃必勝の凄まじい撃剣である。余談だが、もっと時代が下った幕末の頃、新選組の局長・近藤勇《こんどういさみ》がこの示現流を最も恐れ「薩摩の初太刀は外せ」と隊士に命じたほどだ。

「私のかけがえのない友、新九郎《しんくろう》殿を殺《あや》めた輩は一体、どのような人物だったのでしょう？　また襲った理由は何だったのか？　私も藩邸に戻された亡骸《なきがら》を確認しましたが、所持品で奪われたものは何一つありませんでした。そして、体中に残されたあまりに無残な傷跡――」

　若侍の端整な顔は無念さに歪んだ。

「この辻斬りの事件は黒沼様が検視をされたと伺いました。犯人は未だ捕縛されていないとのこと」

　三島鹿内は流れるような美しい所作で深々と頭を下げた。

「どんな些細な事柄でも構いません。この件に関して何か新しい情報を入手なさった折には、ぜひ、この私にもお知らせください。無理なお願いと承知の上で……お縋《すが》りするのです」

　身内でない以上、仇討ちは許されない。ならば、せめて犯人に関する詳細を教えてもらって、日夜周囲に目を配り、友を殺めた輩を捕らえるお手伝いがしたい。切々と訴える鹿内。その初々しい悲憤に、久馬は心を動かされた。

「承知仕《つかまつ》った。今はまだこちらにも辻斬りの人相など、詳しい話は伝わって来ていないのだが、仔細がわかったら――その際は必ずや貴殿にもお知らせいたしましょう」

「ありがとうございます！」

同心の返答に安堵の表情を浮かべた三島鹿内は、再び丁寧に頭を下げると去って行った。

その後ろ姿を見送りつつ、浅右衛門は少々からかい気味に訊いてみる。

「おい、久さん。あんたの鼻にはあっち、辻斬りの件はケダモノ屋ほどには匂わなかったようだな？」

「まあな」

久馬は正直に認めた。

「ありゃ、よくある辻斬りだ。奪われたものはないと言うがよ、今日日《きょうび》、自分の力を試したくて、わざわざ腕の立つ者を選んで襲う輩もいるのさ。今回の事件はまさにそれだ」

久馬はいったん言葉を切った。

「とはいえ、斬られた者が友人とあっては、じっとしていられない若侍の気持ちはよくわかる。俺だって」

心底哀し気な口調で続ける。

「浅さんが斬殺されたら同じように思うさ」

「おいおい、縁起でもない。そんな喩《たと》えを言うか？」

「へへッ、大丈夫だよ。浅さんが辻斬りに襲われるなんて有り得ねえからな！　それに、万が一そうなっても、俺がついているから安心しな！」

ケロリとして言う。とんでもない奴である。

「ん？　どうした、浅さん？　顔色が冴えないぞ。そんなに辻斬りが恐ろしいのか？」

「うむ、恐ろしい。久さんに守ってもらうと考えただけで——震えが来る」

「あはははは、面白い冗談を言いやがる！」

「——」

先のやり取りでもわかるように、定廻《じょうまわ》り同心の黒沼久馬は常に一つや二つではない事件を抱えていた。

江戸時代、南町、北町両奉行所合わせて与力の数二十五人、配下の同心凡《おおよ》そ百人。その内、現代で言う警察担当の久馬たち廻り同心は三十人だった。これでは手が足りるはずがないではないか。

そうこうしている間に当初の目的地であるケダモノ屋、〈山奥屋〉に着いた。

商いの方は休業状態ではあったが、店内は既に取り片付けられている。

「番頭の徳蔵《とくぞう》には本当に可哀想なことをしました。誠実を絵に描いたような……それこそ仕事一筋の真面目な男で、三十になった今年は所帯を持たせてやろうと、家内とも話していた矢先だったんです」

ささやかな葬式を済ませたと言ってから、店の主人利兵衛《りへえ》は、やや怯えた顔で久馬に尋ねた。

「しかし、改めてお調べとは――何かご不審な点でも？」

事件から七日経っている。しかも事件の翌日、一通りの検視は終えているのだ。

「いや、大した理由があるわけじゃない」

慌てて久馬は手を振った。

「事件後の検視の際、俺はその場にいなくてな」

ちょうど同じ頃に起きた、別の事件に出張《でば》っていたせいだ。

「それが今朝、検視に立ち会った同僚からこっち、山奥屋さんの話を聞いて、ちょっと引っかかるところがあったので、どうしても自分の目で確かめたくなった、ただそれだけのことさ」

気さくに笑う若い同心に主人は安心したようだ。首を巡らして暖簾《のれん》の向こうへ呼びかけた。

「おーい、清吉《せいきち》！　……そういうことなら私より、この清吉の方がお役に立ちましょう。何せこの子は当日の夜、あの場にいたんですから」

「え？」

目撃した者がいるとは意外だった。調書には、そのことは記されていなかったというのに。

（これだから……）

〝自分の目〟で見る大切さを、改めて痛感する久馬だった。

「清吉と言ったな？　おまえは賊を見たのか？　何故、そのことを先のお調べで話さなかったんだい？」

暖簾を割って奥から出て来たのは、歳の頃十一、二。小柄で色の浅黒い、目の大きな小僧だった。ただでさえ丸々としたその目をクリクリ動かしながら、清吉は淀みなく答える。

「お調べの際、私は近所の玄庵《げんあん》先生のところで手当てを受けていて店にはいなかったからです。そうして帰って来た後は、もう誰からも何も訊かれなかったもので」

「手当って――怪我をしたのか？」

なるほど。清吉は肩から巾《ぬの》で右腕を吊っている。

「押し込みの賊にやられたのかい？」

それまで久馬の傍らで黙って佇んでいた浅右衛門が、ここで初めて口を開いた。

「いいえ、違います」

きっぱりと首を横に振って、清吉が答える。

「あの夜、賊が押し入って来たのは亥《い》の刻《こく》でした。番頭の徳蔵さんが真っ先に起きて応対いたしました」

ここで小僧は頬を染めた。

「私は、そのぅ、半分寝入っていて……番頭さんにかなり遅れて夜具から飛び出して駆けつけました」

店の中の灯りは徳蔵が掲げる手燭だけで、非常に暗かったのだとか。

「それが幸いしてか、賊どもは後から来た私のことにまるで気づかなかったようです」

「賊は何人いた？」

これは店内に残っていた足跡から割り出して、既に調書に記されていたが、改めて久馬は〈真の目撃者〉に確認した。

「五人ばかり」

調書と数は合っている。

「私も番頭さんに続いて店に出るには出たのですが、もうすっかり震え上がって……とっさに近くにあった俵《たわら》へ潜り込みました」

俵とは米俵のことだ。平生《へいぜい》、肉を入れて、配達の際に使用している。久馬と浅右衛門は店内に畳んで積まれているそれを振り返って眺めた。

「なるほど、この大きさなら、おまえはすっぽりと隠れることができただろうな」

「はい、でも」

よっぽど動転していたのだろう、妙な角度で腕を捻《ひね》ってしまった、と小僧は低い声で明かす。

「肘の骨にヒビが入っていると玄庵先生に言われました。でも、その時は痛みなど感じる暇はありませんでした。時を移さず、すぐ横で番頭さんが喉を掻き斬られたんです」

久馬は膝を折ると、少年の肩にそっと手を置いた。

「おっかない思いをしたなあ、清吉。それで、おまえは賊と徳蔵のやりとりなんぞは聞かなかったか?」

こっくりと頷いて清吉――

「猪肉《しし》の行方について話していました」

「猪肉?」

「はい。『朝方、甲州街道から運び込まれた猪肉は何処だ?』と訊かれて、番頭さんは『もうありません。お得意の薩摩様の上屋敷へとうに配達しましたよ』と答えました。言い終わるや、ば、番頭さんは叫び声を上げて――」

そこまで口にして、ケダモノ屋の小僧は身震いして歯を食いしばった。だが、すぐに最後まで言い切る。

「どうっと倒れました。そ、そ、それこそ両国橋の花火みたく、幾千もの血潮がバババッと私の隠れている俵の上に降って来たんです……」


〈三〉

「清吉と言ったな? 中々見所がある小僧だ!」

〈山奥屋〉の店を出てから、久馬は感心して小僧を褒めた。

「利発でしっかりしている。ありゃ、きっと一角《ひとかど》の商人になるぞ」

「全くだ。それに――趣味の方ではもう一端《いっぱし》の通人《つうじん》だよ」

浅右衛門の意外な言葉に、久馬は思わず足を止める。

「そりゃどういう意味だい、浅さん？」

「フフフ、あの小僧の包帯がさ、洒落てた。あの色……憲法染《けんぼうぞ》めかねぇ？」

「――」

いつものことだが、浅右衛門の目の付け所に驚かされる久馬だった。

この男は久馬の知らない世界を知っているのだ。

実際、山田家にとって〈首打ち〉はあくまで〝副業〟〝内職〟に過ぎない。〝本業〟は御様御用――将軍家の佩刀《はいとう》から、諸大名へ賜る刀、諸大名から献上される刀に至るまで、遍《あまね》く差料《さしりょう》の切れ味を試すことだ。当然、刀剣そのものの鑑定眼《めきき》も鍛えられる。その家名を継いだ七代目・浅右衛門の研ぎ澄まされた目は差料のみに留まらず、万《よろず》の美しい品々に敏感に反応した。日頃は無口な浅右衛門が時折、ボソッと漏らす、独白にも似た〝品定め〟を聞くのが、久馬の密かな楽しみなのだ。

同心の役目を真面目一筋に勤め上げ、役を自分に譲るとすぐ病を得て死んでしまった久馬の父が、唯一の趣味として愛したのは桜草の栽培だった。ふいに久馬は、父が丹精込めて咲かせた花を浅右衛門に見せたかった、と思った。そうしたら、この男は何と評しただろう？　誉めてくれたかな？

ふうわりと柔らかい声で久馬は言った。

「浅さん、薩摩藩邸に行ってみようや。賊がそれほど気にしていた猪の肉について、俺たちも探ってみる価値はあるぞ」

だが、この日、黒沼久馬と山田浅右衛門は三田にある薩摩藩上屋敷には行き着けなかった。

二人が連れ立って、片門前から将監橋《しょうげん》を渡ろうとした矢先——

「黒沼様——っ！」

猛烈な勢いで駆け寄って来たのは、見るからに年季が入った岡っ引きだ。

「ん？　ありゃ、松兵衛《まつべえ》親分だ。なんかあったかな？」

深川は森下町の松兵衛親分。人呼んで、〈曲木《まがりぎ》の松〉は久馬の父の代からの十手《じって》持ちである。

当人はそろそろ倅《せがれ》の竹太郎《たけたろう》に引き継がせたいと思って仕込んでいる最中なのだが、この息子、名親分の父親に似ず腑《ふ》抜《ぬ》けの遊び人で、とても岡っ引きなど務まらないと、誰もが陰で言っている。当の竹太郎がなりたがっているのは戯作者《げさくしゃ》——小説家なのだ。それで、この曲木の松親分、未だに老骨に鞭打って八百八町《はっぴゃくやちょう》を駆け回っているという次第。

尤《もっと》も、松兵衛は若い時分よりこのあだ名で呼ばれていた。というのも、足が異様に速かったからだ。普通に歩いている親分など、誰も見ためしがない。いつも頑丈でちょっとやそっとでは折れそうにない体ごと通りをブッ飛ばして行く。枯れ木の如く年取った今でも、不思議と足だけは衰えないのである。まさに曲木。そのココロは、曲がっている木は柱にゃならない……走らにゃならない……江戸っ子好みの駄洒落《ダジャレ》だ。

さて、その、走らにゃならない松親分、息せき切って久馬に報告した。

「ここであったが百年目！　ちょうど良かった！　なにね、今しがた倅の竹を八丁堀まで呼びにやったところなんでさぁ。実は、例の事件でちょいとばかり出てきやした。それで、こりゃぜひとも黒沼の坊《ぼう》のお耳に入れねばと思いやしてね」

「例の事件とは？」

思わず訊いた浅右衛門だった。

「これは山田様！　またご一緒で？　弥次喜多《やじきた》並みにお仲がよろしいですな！」

言葉とは裏腹に、松兵衛親分は慇懃《いんぎん》に頭を下げる。

「あれれ？　山田様は坊からまだお聞きになっていませんので？」

「なあ、何度も言うが〝坊《ぼう》〟はよせ。俺はもう歴とした同心なんだぜ、松」

久馬の苦言は聞こえなかったのか、老岡っ引き、そのまま続けた。

「六日前の夜、深川で別嬪《べっぴん》が立て続けに三人、斬り殺された事件でさぁ！」

久馬がたくさん抱えている事件の内の三つ目である。そもそも、こっちの事件の検視に行っていて、久馬はケダモノ屋の方には立ち会えなかった。

「それがね、今日になってもう一人、これは柳原の夜鷹《よたか》なんだが、やっぱし殺されてるのがめっかって——検視の際にお世話になっている春庵《しゅんあん》先生に診《み》てもらったら、どうも先の三人と同じ頃、殺《や》られたらしいと言うんでさ」

夜鷹は最下層の遊女のことだ。柳原の土手は彼女たちの稼ぎ場所だった。江戸時代の川柳にこんなのがある。

『君は京、嫁は大坂、江戸は鷹』

なにやら暗号のようだが、地域で異なる遊女の名称を詠んでいるだけだ。京は辻君と呼び、大阪は惣嫁《そうか》、夜鷹は江戸でのみ使われた。

「何だと？」

流石に若い定廻《じょうまわ》り同心は目を瞠《みは》る。

「すると……四人もか？　四人も、同じ日の同じ頃合に女たちが殺されたと言うのか？」

それだけじゃなくて、と老十手《じって》持ちは顔を顰《しか》めた。

「よくよく調べてみると死体におかしな類似点があるんでさぁ」


〈四〉


ケダモノ屋の件はひとまず脇に押しやって、久馬と浅右衛門は松兵衛親分に導かれるまま、深川は菊川町にある裏店《うらだな》に入った。

路地の奥、小粋な格子造りの二階屋の主《あるじ》の名は文字梅《もじうめ》という。曲木親分の娘で、三味線音楽の一流派である常盤津節《ときわずぶし》の師匠として生計を立てている。

「こいつが話した方が早えや。何しろこのネタは全部、こいつが仕入れて来たんでさ」

自慢したいのか恥じ入りたいのか、松兵衛は白くなった鬢《びん》を頻《しき》りに掻いている。

それもそのはず。親分が日頃から、こっちが息子だったら俺はどんなに安泰か、とぼやいているほど、姉の文字梅は優男の弟と違って頭脳明晰、度胸満点、器量も気風《きっぷ》も申し分ない傑物と評判なのだ。

「ほんと、常磐津《ときわず》の師匠にしとくのが勿体ねぇや！」

「馬鹿をお言いでないよ、お父っつぁん。それより——黒沼の坊ちゃま、あたしゃ、どうも腑《ふ》に落ちないんですよ」

さっそく話し出す文字梅師匠。

殺された別嬪《べっぴん》たちは皆、玄人《くろうと》筋の女だった。辰巳《たつみ》芸者の千菊《せんぎく》と汐見《しおみ》。それから、両国の水茶屋の看板娘、おりん。

千菊はお座敷帰り、おりんは湯屋帰りの道で、汐見の方は置屋の自室で殺された。芸者同士とはいえ、千菊と汐見は置屋も違うし、友人というわけでもない。

つまり、死んだ三人が三人とも、何一つ関わりを持たない間柄なのだ。だが、その死体には明らかな共通点があった。それこそ——

「髪料《かみりょう》をつけていないんでさ」

「——？」

髪料とは髪につける飾り物、つまり簪《かんざし》のことだ。利那、久馬も浅右衛門も意味がわからず、ポカンとした顔になった。松兵衛が口を挟む。

「いやあ！　あっしもこいつに言われるまで気づきもしませんでした。流石、女の目だね？　言われてみれば——そうなんですよ。皆、商売柄、人より綺麗に着飾って当然さね？　新たにめっかった柳原の夜鷹《よたか》にしたって、そりゃナリは辰巳に落ちるが、それでも簪くらいは……ねえ？」

「だからこそ」

藍地に白の立湧《たてわく》模様も粋な中型《ゆかた》の膝をグッと乗り出して、文字梅は言う。

「ここまで着物がキチンとしてて女が簪をつけないなんざぁ、有り得ないね！」

男の久馬も浅右衛門も、そのことがさほど重要だとは思えなかった。

「下手人がよほど生活に窮していて……それで簪を奪い取ったのではないのか？」

「嫌ですよ、旦那」

浅右衛門の言葉を師匠は嘲笑《あざわら》った。その顔たるや〝牡丹が風に戦《そよ》ぐの如く〟だな、と浅右衛門は内心思う。

「それほど窮しているなら、櫛《くし》も持ってくはずでしょう？　私はこの目で見て来ましたが、実際、辰巳の一人の櫛なんざ螺鈿《らでん》の、そりゃ見事な細工物でござんした。でも、その櫛には手をつけていない……」

父親も横から相槌《あいづち》を打つ。

「娘の言う通りでさ！　それに、金品目当てなら、羽織だって着物だって帯だって……それこそ身包《みぐる》み剥ごうってもんだ」

「これが簪《かんざし》だけってのが、私は妙に引っかかるんですのさ」

「うむ――」

世の中には簪好みの追剥《おいは》ぎがいるのかもしれない……

思いつつ、久馬は首を傾げたついでに師匠を盗み見た。

文字梅の今日の簪は白い項《うなじ》に映える艶《あで》やかな蜻蛉玉《とんぼだま》。誰にもらったものやら。


結局、その日はもう陽も落ちたので、薩摩藩邸へ行くのはやめにした。

あれこれ理由をつけて、久馬は浅右衛門を組屋敷内にある自邸に引き入れ、遅くまで酒を酌み交わした。その夜は同宿して、翌日――


晴れて二人は三田の薩摩藩上屋敷に赴いた。

用件は〈猪肉《しし》〉なので、裏門から厨《くりや》に直行する。

厨を仕切る賄《まかな》い方の銀次《ぎんじ》は、一見陰気な感じの三十男だった。

久馬が、去る六月一日の昼前、〈山奥屋〉から配達された猪肉のことで訊きたいと切り出すと、料理人は目を丸くする。

「へえ……！」

「妙なことを訊くと思うだろうが、御用の筋でどうしても知りてぇんだ」

だが、料理人が驚いたのは黒紋付巻羽織《まきばお》りの同心の来訪ではなくて、もっと別の理由だった。

「いやぁ！　よく訊かれると思いまして……」

「とは？　我々以外にもその肉のことについて、おまえに訊いた者がいるのか？」

「へい、おりやしたよ」

銀次は首から垂らしていた手拭いで顔を拭ってから、話し出す。

「〈山奥屋〉さんから配達されて、その夜の内に訊かれましたっけか。どうして覚えているかって？　へへッ、こっちの方を馳走《ちそう》になったんでさ！」

銀次は右手を猪口《ちょこ》の形にした。

料理人は独り者で、藩邸内の中間《ちゅうげん》部屋に寝泊まりしている。その夜は、仕事を終えた後、材木町界隈の居酒屋へ一杯やりに出かけた。月に何度かそうするそうだ。いつものように一人で気楽に飲んでいると、男が隣に座った。

「見るからに浪人風のお侍さんがね、富くじに当たったとかで酒を奢《おご》ってくれたんでさ。一緒に飲む内に〝お国柄〟の話になって……そのお侍が言うには、『薩摩は肉食の伝統がある。だから、藩士が皆、強壮で血気盛んなのだ』とさ。なるほどねえ！　それを聞いて、あっしも大いに納得するところがありやした」

最初の印象に反して、料理人は話し好きらしく喋り出したら止まらない。立て板に水の如く話し続けた。

久馬は何とか割り込んで——

「それで？　猪肉《しし》の話になったんだな？」

「え？　そうそう、その通り。『薩摩のお屋敷では活きのいい肉を何処から仕入れているのか』と訊くんで、あっしは『平川町の〈山奥屋〉だ』と教えました。あそこはケダモノ横丁の中でもいっち活きがいい。それこそ、甲州街道ブッ飛ばして来る、獲れ立ての猪肉には定評があるんでさ！　それで、何だね、あっしが思うには——」

それを遮って久馬、単刀直入に訊いた。

「肉について訊ねられたのは、仕入先の店名だけか？」

「いえ、その日届いた肉の状態についても、えらく知りたがっていました。だから、あっしが思うに、あのお侍、よっぽど強くなりてぇんだな？　富くじで当てた金、いやさ、本当は博打《ばくち》かもしれやせんがね。だけど、そんなこたぁどうでもいい。とにかく、これからはその金で薩摩のお侍並みに肉をわんさと喰らって筋骨隆々、意気盛ん、これで仕官もできようってもんだ！」

「実際、その日の猪肉はどうだった？」

「ええ？　はあ、いつも通り新鮮で良かったですよ。新鮮も新鮮、文句のつけようがねえ――いや、待てよ、獲れ立て過ぎの文句は言えるか？」

「いつもと違うところがあったんだな？」

　久馬の目が煌《きら》めいた。

「へえ。鉄砲玉がね、入っていたんで。肉を捌《さば》いていたら、包丁の先にカツンと来て……吃驚《びっくり》しやした！　こんなことは初めてで……」

　猪肉に入っていた鉄砲玉……奇妙な話ではないか！

「それをどうした？　それは今、何処にある？」

　おまえが持っているのか、と久馬が急き込んで訊くと、料理人は呆れ顔で首を横に振った。

「例のお侍にも訊かれましたがね。どっこい、ンなもの、あっしは持っちゃいませんよ。ちょうどその時、通りかかった成田様が素早く横からもぎ取るじゃありませんか。この成田様ってのは、お若いが大変な食通でして、ちょくちょく厨房に足を運ばれるんでさあ。それも大の肉好きとくる。あの日もいい猪肉《しし》が入ったと聞いて、覗きにいらしたんでしょうよ」

「それで？」

忍耐強く久馬は先を促した。

「その成田様が水で濯《すす》いでからつくづくと見入って、『こりゃ面白い！　体中から玉とは奇瑞《きずい》ぞ！　俺にくれ』とおっしゃった。こっちはそんな鉄砲玉、邪魔っけなだけだ。ハナから捨てるつもりだったんで、『どうぞ、どうぞ』てなもんです。ま、この成田様のふるまいは、酒を奢《おご》ってくれたお侍様も『酔狂な奴もいるもんだ』なぁんて面白がって聞いてましたよ」

「黒沼様？　黒沼様ではありませんか！」

だだっ広くて薄暗い武家屋敷の厨《くりや》に響き渡る、清涼な声。天上界に住む仏鳥、迦陵《かりょう》頻迦《びんが》の鳴き声とはまさにこれか。振り返ると、今しも駆け寄って来たのは、あの前髪の若侍、三島鹿内だった。

「我が藩邸にわざわざお越しくださるとは！　それでは、辻斬りの件で何かわかったのですね？　ありがとうございます！」

若侍は喜びに破顔した。白い頬がうっすらと朱を刷《は》いて、今や紅梅の風情である。

「そうだった！　三島殿は薩摩藩士と言っておられたな。いや、これは――嬉しがらせて申し訳ない」

慌てて久馬は手を振った。

「私が今日、こうしてやって来たのは全く別の用件なのです」

「え？」

久馬は、手短にケダモノ屋の番頭殺しについて鹿内に説明した。

「そういうわけで、本日は猪肉を捌《さば》いた際、傍《そば》におられたというご家中の成田殿にお会いして、更に詳しく話をお訊きしたく思います。ちょうど良かった！　三島殿、その方を呼んで来てもらえませんか？」

「それはできかねます」

三島鹿内は唇の端を吊り上げる。笑っているのか怒っているのか、いずれにせよゾッとするほど凄艶《せいえん》な表情だった。

久馬は苦笑して頼み込む。

「今回は貴殿のご期待に添えず申し訳なかった。辻斬りの件は約束通り、新しい情報が入り次第、必ずやお知らせします。だから――そう意地悪しないで成田殿に会わせてください」

「意地悪ではござらぬ。会わせるのは無理だから、そう言っているのです。何故なら、成田殿はもうこの世にはおりません」

長い睫毛に縁取られた双眸を伏せたまま、若侍は言った。

「お探しの成田新九郎こそ、先日、比丘尼橋で果てた当人です」

「あ」

「〈花の同心〉のご多忙は私も存じ上げております。されど——いかにお忙しいとはいえ、よもや犠牲者の名も覚えておられないとは……！　たかが辻斬り。黒沼様にはその程度のものだったのですね？」

久馬は一言もない。

「黒沼様のこのご様子では、情報など、待ったところで永遠に届くはずはなかったのだ。それを真剣に……一日千秋の思いで待っていた自分が浅はかでした。では、これにて」

冷たい一礼の後、衣擦れの音だけを残して三島鹿内は去って行った。

「そう落ち込みなさんな、こういうこともあろうさ」

朝からずっと一緒にいて、久々に聞く浅右衛門の声だった。

カクカクと曲がりくねった道、俗に言う〈薩摩屋敷の七曲がり〉。その堀の傍で、先刻より久馬は膝を折ってしゃがみ込んでいた。

巻羽織《まきばお》りの内側、腰に差した赤い房付きの十手《じって》が突っ張って、さぞや心地悪かろうに、その姿勢のままじっと水面を見つめている。

「たかが辻斬り。珍しくもない、と軽んじたのは事実さ」

改めて久馬は思い出す――

六月三日の朝、京橋川の西端にかかる比丘尼橋の袂《たもと》まで自分を呼びに来たのは、八代洲河岸《やよすがし》の権三《ごんぞう》親分の下っ引きだ。筵《むしろ》を剥いで死体も確認した。その際、既に身元は割れていた。

比丘尼橋近くには、猪肉を食わせる店がある。亡骸《なきがら》はそこの常連の薩摩藩御書院番士・成田新九郎、二十一歳とのこと。あまりの滅多切りに息を呑んで合掌《がっしょう》した。

「だが、忘れてしまったのだ！」

黒沼久馬は忸怩《じくじ》たる思いで更に記憶を辿る。比丘尼橋の件の後すぐ、今度は曲木の松親分がやって来て、例の深川の別嬪《べっぴん》たちの死体の方へ引っ張って行かれた。こっちは立て続けに三人――その後、四人に増えたが。

そうして、それら複数の殺しの中で、自分が一番興味を持ったのが、仲間伝《づた》いに聞いた麹町のケダモノ屋の事件だったとは……！

「不思議なもんだな？　同心なんかやってると、人の死に無感覚になるらしいや」

久馬は乾いた笑い声を上げた。

「死に優劣を付ける。順番を当てる。興味の度合いで死を推し量る……あーあ、自分で自分が嫌になっちまう。気づかぬ内に俺は冷てぇ人間になっちまったかな？」

「いちいち一体化していちゃ、やりおおせない仕事もあるさ。突き放すしかやりようがない、何処までも交わることのない道を歩む心構えが入用《いりよう》な仕事も、な。そういうのは〝冷血〟というのとは少し違うだろう……」

「……！」

死刑執行人である己《おのれ》の生き様を言っているのかと、久馬はハッとして友を仰いだ。浅右衛門の横顔はあくまでも涼やかで、周囲の川の水よりも透き通って見えた。視線の先、この流れの果てに輝く芝の海がある。

「肝心なのは、いつ何時《なんどき》も曇りのない、まっさらな目を維持しているかどうか、さ。違うか、久さん？」

「うん。俺だって、たった一つきりの殺しなら、もう少し慎重に扱ってたさ。浅さんが言ったように、曇りのない、しっかりした目で見つめたはずだ。だが、このところ多かったから……」

そこまで言って、久馬は突然黙り込んだ。

（そう、多過ぎるんだ……）

その上、全ての死と死の間隔があまりにも近過ぎる。

久馬は、実際に〝殺し〟が起こった順番に整理して考えてみた。まず、ケダモノ屋の番頭殺しが麹町で六月一日夜に起こった。次に、未明、京橋川、比丘尼橋の辻斬り。そして、その夜だから六月二日、一晩の内に連続して四人の女たちが殺されている。最初の番頭と次の薩摩藩士は〝猪肉《しし》〟という点で繋がりがあることがわかった。

甲州街道直送の新鮮な猪肉。

〈山奥屋〉がそれを薩摩の上屋敷に配達した後、調理された。その時、近くにいたのが成田新九郎で、この男は肉から出た異物——料理人曰く〝鉄砲玉〟を手に入れた……

「——」

やおら久馬が立ち上がった。

川に石を投げていた浅右衛門がゆっくりと振り返る。浅右衛門の手を離れた小石は三、四、五、と川面を掠《かす》って、九つまで数えて水中に没した。

「久さん、どうした？」

「わかったぞ！　浅さん、どうやら全ての鍵はそれ、石……いや、玉なのだ……！」


〈五〉


深川は六間堀の船宿の二階。

座敷には既に、松兵衛親分と文字梅師匠が神妙な面持ちで座している。

堀に面した窓の前には、この日も何のかんのと引っ張って来られた山田浅右衛門がいた。

最後に到着した三島鹿内が座るのを待って、久馬は徐《おもむ》ろに口を開く。

「今日、皆に集まってもらったのは他でもない。今回の一連の〝殺し〟について、はっきりさせたいと思ったからだ」

即座に松兵衛親分が叫んだ。

「と、おっしゃるてぇと……別嬪《べっぴん》殺しの下手人がわかったんで？」

鹿内は怪訝そうに眉を寄せる。

「別嬪殺し？　それは何のことでしょう？　私の方――辻斬りに関わる話ではないのですか？」

　久馬は腕を伸ばして一同を鎮めた。

「三島殿、こちらは松兵衛親分と娘さんの文字梅師匠。深川界隈で起きた四人の女殺しを調べてくれている。この〝殺し〟は貴殿のご友人、成田新九郎殿が辻斬りに遭ったのと同じ日の夜、立て続けに起こったのだ」

　まずこちらから説明させてほしい、と南町配下の定廻《じょうまわ》り同心は断って、話し始めた。

「女たち……二人の辰巳《たつみ》芸者と水茶屋の娘と夜鷹《よたか》、計四人がほぼ同時刻、但《ただ》し、それぞれ別の場所で斬り殺された。お互いの繋がりは全くない。だが、共通点が一つあった。女たちの髪から簪《かんざし》が抜き取られていること――」

　ここで、鹿内が眉をひそめて首を傾げた。

「……簪？」

「それも身に付けていたものだけじゃござんせん」

　文字梅が言い添える。

「私が後日、改めて調べましたのさ。その結果、女たちの所持品の中から、平打ち以外の簪が一切合切奪い取られておりました」

「さて」

紹《ろ》の黒羽織の袖を振って腕を組む久馬。

「ここで辻斬りに話を戻そう。斬られた成田殿は、藩邸で料理人が猪肉《しし》を捌《さば》いていた折、近くにいたことがわかった。つまり、ここにもう一つの〝殺し〟、ケダモノ屋の番頭が斬り殺されたそれとの繋がりが浮かび上がって来る。何だと思う？」

老親分、常盤津《ときわず》の師匠、薩摩藩中小姓が、同時に声を揃える。

「……猪肉ですか？」

「ご明察！」

力強く久馬は頷いた。

「これは私が、押し込みのあった当夜、その場に居合わせた店の小僧から直接聞いたのだが。ケダモノ屋〈山奥屋〉の番頭徳蔵は、賊に斬り殺される前、甲州街道経由でその朝に入荷した猪肉の配達先を問われて『薩摩上屋敷』と答えたとか。そして、屋敷の料理人も肉を捌いたその夜に、正体のわからぬ浪人風の男から、猪肉に変わった点はなかったか訊かれている。実際、猪肉には異物が混じっていた。料理人は鉄砲玉だろうと言っているが——この猪肉の出荷元こそ重要なのだ」

猪肉が獲れた場所は、甲州街道の果て、甲州甲斐国《かいのくに》。

「ここに何か繋がりはないだろうか？　と俺は考えた」

甲斐国と言えば、そもそもの始まりとなった猪肉……ケダモノ屋〈山奥屋〉……山か、甲斐はまさに山深いからな。だから山流しって言葉が……

（待てよ、ひょっとして……）

そのことに気づいた久馬は、即刻、同心仲間の伝手《つて》を頼って探ってみたのだ。

甲州甲斐国は、戦国時代の梟雄《きょうゆう》、武田信玄《たけだしんげん》の領地として有名である。但《ただ》し、現在、久馬たち幕臣には別の認識がある。そう、〈山流し〉の地だ。

幕府開設当初、家康《いえやす》公はこの地に甲府藩を置き、将軍家の血筋に守護させてきた。綱吉《つなよし》の頃、異例の抜擢で城主に側用人《そばようにん》、柳沢吉保《やなぎさわよしやす》が配属されるも、吉宗《よしむね》以降は幕府直轄、所謂《いわゆる》天領地に戻された。現在、甲府城に詰めているのは〈甲府勤番《きんばん》〉と呼ばれる侍たちである。

この勤番侍が問題なのだ。彼らは将軍のお膝元である江戸在住の小普請《こぶしん》組から多く選ばれる。無役で無能だからという選抜理由ならまだ良い方で、実はそのほとんどが素行不良の懲戒人、江戸には置いておけない問題児だった。要するに甲府は流刑の地。甲府勤番が、町人にとっての〈島流し〉に引っかけて武士の〈山流し〉と呼ばれる所以《ゆえん》はここにあった。

そんな土地柄のせいで、幕府も警戒を怠《おこた》らない。常にその動静を細かく監視している。ところが最近、幕府が放った密偵からの連絡が途絶え、憂慮されているとのこと。早々に新たな人員を派遣すべく将軍直々の命が下ったとか……

「以上、全てを繋ぎ合わせて到達した私の推察はこうだ」

黒沼久馬は改まった声で言った。

「最近、甲斐国内で外に漏れては困る、由々しき事態が勃発したのではないか？　それに関する情報を伝えようとした幕府側の密偵が、国許《くにもと》の甲府城の連中の妨害に遭い、やむなく詳細を記した文《ふみ》なり、地図なりを、江戸表《おもて》へ出荷するべく準備されていた特産品——猪《しし》肉の中に隠したとしたら？　無論、そのことに気づいた地元の甲州勢は〝密書〟を必死で取り戻そうとするだろう。その内容がどんなものか現段階では定かではないが、甲府城内の不祥事が御内府（将軍）に漏れ伝わるのを許すはずはない。ところが、すんでのところで密偵の口は封じたものの、密書は猪肉の体内に入れられ、既に江戸へ向けて送り出された後だった……！」

「で、では」

思わず固唾を呑んだ文字梅——

「黒沼様は〈山奥屋〉の猪肉に混じっていたソレが、甲斐城内の何事か重大な報告が記されたモノだとおっしゃるんで？」

　若い薩摩藩士の悲痛な声が重なった。

「何てことだ！　知らぬこととはいえ……そんな曰く付きの玉を得たがために新九郎殿は命を落としたのか……」

　三島鹿内の端整な顔が引き攣って、見る見る蒼白になる。老親分は、はたと膝を打った。

「合点承知！　結句、江戸まで追っかけて来た甲州勢はその薩摩藩のお武家を殺して、問題の玉を取り戻したって寸法ですな？」

「いや、違う」

　久馬は首を横に振る。

「成田殿を殺しても、連中は肝心の玉を取り戻せなかったのだ。だからこそ――女たちが四人も死ぬ羽目になった……」

　いったん言葉を切って、久馬は窓際の浅右衛門に目をやった。

　世襲の首打ち人は腕を組んだまま、口を挟むこと無く静かに話を聞いている。その姿に勇気を得て、再び一同に視線を戻すと、一言一句、噛み締めるようにして久馬は言い切った。

「甲州勢に襲われた時、件《くだん》の玉は既に成田新九郎の手元にはなかった……」

卍

六月二日未明、比丘尼橋の袂《たもと》。
若侍は、朱鞘、無反りの大刀を抜き払って大喝した。
——薩摩藩、御書院番士・成田新九郎と知っての狼藉《ろうぜき》か？
——問答無用！
黒尽くめの一団には、一向に怯《ひる》む様子はない。数にして、十一、十二……
じりじりと間合いを縮めて来る。
——速やかに猪肉《しし》から得たものをこちらに渡してもらおう。

――あれか？

豪気にも、薩摩隼人《はやと》は呵々《かか》と笑った。

――猪肉の腹ン中から出た、あの奇瑞《きずい》の玉のことでごわんそか？

フン、そんなもの、とうになか。

まっこと美しか玉ばってん、錺《かざり》職人に無理ば言うて仕上げてもろうて……とっくに愛しか人にくれてやったと！

卍

「女たちの簪《かんざし》が奪われた理由はそれですかい！」

再度、岡っ引きは膝を叩いた。

「殺された女たちは皆、その成田様ってぇお侍といい仲だったってことですね？　それを調べ上げた甲州勢が、片っ端から――」

「むむっ、一つの玉欲しさに罪もない女たちを四人も殺《あや》めるとは……なんという冷酷無情……」

　鹿内はキリリと朱唇を噛んだ。

「ほとんど時間差なく女たちが殺されている点からも、連中は一人や二人ではなく、かなりの集団と見た。徹底した非情なやり口といい、迅速な行動、情報収集能力といい、これは並みの盗賊ではない」

　黒沼久馬は結論付けた。

「甲府側の飼う鍛錬された隠密衆なればこそ、今回の一連の〝殺し〟は可能だったのさ」

「これで、全て納得いたしやした！」

〈曲木の松〉親分は膝を揃えて唸る。その娘も、心底ウットリした眼差しだ。

「流石でござんす、黒沼様！」

「いや、流石ではない。私にできるのはここまで」

言って、久馬は、先刻から身動《みじろ》ぎもせず座している若侍に向き直り、畳に両手を突いて頭を下げた。

「三島殿。貴殿のご友人を殺《あや》めた下手人は突き止めたが、それを取り押さえることは私にはできかねるようです。申し訳ない……」

この件は江戸御内府と甲州勤番の問題である。もはや町方の一同心に扱える事件ではなくなった。

「黒沼様が頭を下げられるには及びません」

掠《かす》れた声ながら、鹿内はきっぱりと答えた。

「私は友の死の真相が知りたかったのです。彼の最期がわかって満足しています。他国――甲斐の忍者集団相手に臆《おく》することなく堂々と立ち合った……流石は新九郎殿……誇りに思います」

岡っ引き父娘が帰って行った後で、久馬は改めて三島鹿内に声を掛けた。

「三島殿には今暫《しばら》く、残っていただきたい。さっきの簪《かんざし》の話にはまだ続きがあります」

そこで、声の調子がちょっと変わった。友人に尋ねるような優しくて柔らかな口調で続ける。

「あれほどの狼藉《ろうぜき》を働いたにもかかわらず、甲府側は現時点ではまだ問題の玉を手中にしてはいない。そうですね？」

まっすぐに若侍の双眸を見据える。

「どんなに簪《かんざし》類を奪ってみたところで、そこにはないからです。何故って？　玉は貴殿がお持ちだから」

決定的な言葉。久馬の指は眼前の小姓の腰に輝く根付を指している。

「それこそ、成田新九郎殿よりもらった玉でしょう？」

申し訳ないが、と久馬は厳格な同心の声に戻った。

「その品は私が預からせていただきます。この中に何が仕込んであるか調べねばなりませんから」

「もちろんです」

鹿内は即座に紐を解いて、根付を久馬の前に置いた。

簪ではなく根付に加工したそれは、玻璃《はり》にも見える美しい玉である。

今は形見となってしまった大切なものだが、この玉の来歴を知った以上、言われるまでもなく自分から差し出すつもりだった、と三島鹿内は語った。その後で、鹿内はキッと顎を上げる。

「それにしても——何故、私が持っているとわかったのですか？」

「これも〝お国柄〟というヤツですよ！」

久馬は漸《ようや》く表情を緩めた。

「お宅の藩邸の料理人も言っていたのですが、引っ詰めれば今回、全てを解く鍵はこの〝お国柄〟だ。ほら、甲州街道を運ばれて来る新鮮な猪肉から、その産地を辿って、甲斐国、甲府城、勤番侍の不穏な動きに行き着いた。同様に、では薩摩の〝お国柄〟は何だろうと考えたんですよ。薩摩のそれは、肉食と、そしてもう一つ……衆道だ」

衆道とは若衆道の略で、武士同士の恋愛関係を言う。君臣関係の愛情が濃密だった戦国時代では一般的だったが、徳川幕藩体制の下では、風紀を乱すとして粛清《しゅくせい》された。とはいえ一部地域では受け継がれ、特に薩摩はその伝統を残す代表的な地域だったのである。

「成田様が、手に入れた奇瑞《きずい》の宝を最愛の人へ贈るのは当然だ。たまたま袖振り合ったが他生の縁の遊び相手たちではなく、ね？」

鹿内の頬が薔薇色に染まった。それを知ってか知らずか、久馬の舌は滑《なめ》らかだ。

「甲府城の隠密どもの情報収集能力がいかに神速であろうとも、所詮、連中は馴染みの女たちにしか当たらなかった、そこがしくじりの元さ！」

〈六〉


「おい、俺の名推察ぶり、褒めてくれんのか？」

三島鹿内も去って、いよいよ二人きりになった船宿の二階。

久馬は満面の笑みで、相変わらず一言も発することなく端座している浅右衛門を振り返った。

「いや、流石、久さんだと敬服して——声も出せず聞き入っていたのさ」

浅右衛門は浅右衛門で、久馬の得意顔が全然鼻につかないのを不思議に感じている。

「では、さっそくこの玉を与力殿に届けて来るとしよう。俺の名推理も物証あってこそ、だからな！」

久馬は浅右衛門の顔をまっすぐに見つめて、眩しそうに瞬《まばた》きした。

「浅さんだから言うがよ、ここだけの話、これは大事件に発展するかもしんねぇ。なにせ甲州は甲斐国のことだ。実は密書の内容だって俺はピンときてるのさ。流石に親分やお師匠さん、それから、可愛らしい側小姓の前では口を噤《つぐ》んでいたがよ。聞きたいか？」

　浅右衛門の答えなど待たず、久馬は続ける。

「甲州甲斐国のお国柄と言えば、山流し、勤番侍、それから猪肉《しし》。だがよ、これら以外にもっとドデカイものがあるだろう？　そうよ、法性院《ほっしょういん》、信玄公の昔から、甲州甲斐国と言えば、いっち有名なのは隠し金山の話じゃねぇか！　この件は絶対、そこへ繋がるに違いない！」

　これ以上ないほど頬を火照らせ、目を輝かせた若い定廻《じょうまわ》り同心は叫んだ。

「信玄公の隠し金山！　勤番侍たちはそれを発見したんだ。だが、自分たちだけの秘密にしようと企んだ。この玉にはそういうことが記されているのよ。そんな重大な密書《モノ》を、誰あろう、この俺が見つけたとあっては——チキショウメ、体が震えるぜ！」

　意気揚々と、黒沼久馬は猪牙《ちょき》舟に乗り込んだ。

　舟はお江戸の足である。中でも舳先《へさき》が尖って、その名の通り猪の牙のような形状の小型舟、猪牙は最速で、水を切って飛ぶように走る。

「じゃ、行って来るぜーーーーっ」

　喜々として手を振る久馬を、船宿の前で黙って見送る浅右衛門だった。黒い羽織の

ら暫《しばら》く水の音を聞きながら
袖が風に靡《なび》き、やがて小さな点になって視界から消えても、暫《しばら》く水の音を聞きながら懐手《ふところで》をして、浅右衛門は考えていた。やがて――

「……しょうがねぇなあ」

呟くと踵《きびす》を返す。

自宅には帰らず、ケダモノ横丁に曲がって行く。そして、〈山奥屋〉に入るなり小僧の清吉を呼んだ。

「あ、これはこれは……先だってのお侍様！　いらっしゃいませ。本日は何の御用でしょう？　当店自慢の新鮮な猪肉《しし》をお求めですか？」

一端《いっぱし》の口調である。

「では、それをもらおう」

浅右衛門は迷わず、小僧が腕を吊っている巾《ぬの》を指差した。

「え？」

驚く小僧の、怪我をしていない方の手に鳥目四朱《ちょうもく》ほど握らせる。清吉は大きな目を更に見開いた。

「こ、こんなにいただけません。それに、この巾は拾ったもので……とてもお売りできる代物では……」

浅右衛門は、この男にはそうは見られない、微笑めいたものを燦《きら》めかせた。すると、片笑窪《かたえくぼ》が浮かぶ。

「時に訊くが、この巾は例の——甲州からの荷の中にあったものだろう?」

「よくご存知で！　その通りです。甲州産の猪肉に敷いてあったんです。俵《たわら》に飛び込んで手を捻《ひね》った際、中にあったこれを見つけて、とっさに縛りました。具合がいいので、お医者に診《み》てもらった後もそのまま使っております」

少年はお金を握りしめて、でも、本当に頂いてよろしいんですか、と念押しした。

「どうせ私の方はもう吊り巾なんぞいらないくらい良くなっているんです。だから、タダでお譲りしてもよろしいのですが——それをこんなに?」

首打ち人は素晴らしい笑顔で答える。

「商人が、客が欲しがっているものをタダで譲っちゃあいけねえよ」

この言葉に、益々清吉は訝《いぶか》しんだ。

「では、あの、これはそんなに値打ちのあるものなんですか?」

「ある人たちにとっちゃァな」

浅右衛門は買い取った巾を広げて、裏表を矯《た》めつ眇《すが》めつしながら——

「知ってるか、小僧さん。これは正式な呼び名はともかく、俗に言う〝万能巾〟ってやつさ。ほら、おまえさんがやったみたいに腕を吊るしたり、縛ったりできて便利だろう? 広げれば大きな荷も包めるし、汚れた水を濾過《ろか》する際にも使える。そもそも、この染め自体、殺菌作用のある薬草で染めてあるのだ」

「へー、そんな便利な巾《ぬの》、一体どなたの持ち物だったのでしょう?」

「そりゃあ……密偵……隠密だろうな」

「はあ?」

ケダモノ屋の小僧はわけがわからぬとばかりの顔で侍の話を聞いていたが、商人の卵らしく、気を取り直して大きな声を張り上げた。

「毎度ありがとうございます!」

店を出てから、改めて浅右衛門は陽の下で巾を広げてみた。

暗い地色に一層暗く血の滲《にじ》んだような染みがある。よくよく見ればそれらは何やら文様……暗号めいている。

「ひょっとして、と思ったが。やっぱりこっちだったか……」

黒沼久馬が語る〈推察〉なるものを聞いている間、浅右衛門はずっと疑問を抱いていた。

それは、追っ手に追われている一刻を争う状況下で、玉なんぞに細工できるだろうか、ということだ。

危急の場合に何かを書き留めたいなら、玉なんかより、例えば巾などの方が遥かに手っ取り早いはず。実際、甲斐の国外に漏れては困る詳細を記してあるのはこっちの巾で、玉はあくまで目眩《めくら》ましに過ぎなかったようである。

更に浅右衛門が考えたのは、幕府の密偵が江戸行きの荷——この場合は〝猪肉《しし》〟に何か隠したらしいと悟った時、追手は必死に見つけ難いところを探すのではないだろうか、ということ。

特殊な訓練を受けた連中ならなおのこと、探すのが困難なところに隠してあるモノにこそ目が行く。そう、ケダモノの下に敷いている巾なんかより、体内深く籠められた玉の方がソレらしいではないか！

今回は、そんな人間の心の働きを逆手に取った、幕府側の密偵の勝利である。

「鮮やかだねぇ！　こういうのを自分の仕事に徹した見事な技の冴えと言うのさ。そこへ行くと——久さん、あんたはまだまだツメが甘《あめ》ぇや！」

とはいえ、上司の前で玉に細工がないとわかった久馬の狼狽《ろうばい》ぶりを思うと忍びなかった。

「ま、隠し金山の発見というのは話を広げ過ぎにせよ……届けてやるとするか」

燃え始めた夕陽を背負って、浅右衛門は八丁堀に向けて歩き出した。

その耳に笛の音が賑やかに響いて来る。六月十五日の〈天下祭り〉が近いのだ。

〈天下祭り〉は山王権現《さんのうごんげん》と神田明神、二つの祭りを指す。徳川幕府公認の祭りで、神輿《みこし》行列が江戸城に入ることを許され、将軍の上覧を受ける。江戸っ子自慢の、祭りの中の祭りだ。

元より、武士は出門禁止の〝町人祭り〟である。しかし、江戸に生まれ育った身としては、今年もまた象や猿の作り物が町を練り歩くのかと思うと、それなりに心弾む首打ち人だった。

これも、お国柄というやつ。そう言えばケダモノ屋の多い麹町の祭りの山車《だし》は、代々動物だった！

首打ち人は口の中でそっと呟いた。

「フフ、『祭りにもケダモノを出す麹町』か……」

麦湯屋の娘

〈一〉

「てぇへんだ！　てぇへんだ！　おっと、こちらでしたか、黒沼の坊《ぼう》！　山田様もご一緒で？　まったく弥次喜多《やじきた》並みにお仲のよろしいこって……」

お江戸の朝は早い。本石町《ほんごくちょう》の〈時の鐘〉が、捨て鐘三つ置いて五つ打つ中（午前八時）、茶飯屋に飛び込んで来たのは〈曲木の松〉こと、松兵衛親分だった。この御用聞き、やたらめったら足が速い。当年取って六十歳だが、誰一人、親分が歩いているところなんぞ見たことがない。だから曲木――曲がった木は柱にゃならない……走らにゃならない松親分……江戸っ子好みの駄洒落《ダジャレ》である。

「坊はよせ。俺ゃあ、もう二十二だぜ」

馴染みの茶飯屋でとろろ丼を掻っ込んでいたのは黒紋付きの巻羽織《まきばお》り姿で、赤房の十手《じって》を腰に差した定廻《じょうまわ》り同心だ。その名を黒沼久馬という。

「それでなんでぇ？　松親分、朝っぱらから　事件かい？」

「そうなんで。この先の楓川《もみじ》の土手で屍骸《しがい》がめっかりました。ズタズタに斬り裂かれている上に、仏さん、素っ裸なんでさ」

「そりゃぁ聞き捨てならん。切り裂かれた、ズタズタとくりゃ——刀剣の専門、日の本一の鑑定家《めきき》、浅さん、一緒に来て、見てくんねぇ」

「——」

　ほら来た。いつものことだ。

　黒紋付きが促した相席の人物、黒羽二重《くろはぶたえ》の着流しの男は、知る人ぞ知る七代目・山田浅右衛門である。

　この山田家は、徳川家親戚筋とも噂されるが正式な仕官はしていない。表向きの家業は刀剣の切れ味を吟味する御様御用だ。また裏稼業として代々、咎人《とがにん》の首打ちを請け負って来た。言うまでもなく首打ちは生半可な腕ではできない。一刀のもとに首を落とす技——正確には抱き首と言って、首の皮一枚を残す。無駄な出血と遺骸の散逸を避けるこの技には神韻が宿った。

　その方面がサッパリな久馬は、同心駆け出しの頃、当番の首打ちを請け負ってもらって以来、頼りっ放しなのだ。

「いいさ！　俺ぁ、剣術《やっとう》はダメでも、その代わり推理の才がある。おあいこだよな、

「なあ、浅さん？」

「──」

呆れているのか楽しんでいるのか。無口な首打ち人の頬に笑窪《えくぼ》が刻まれる。

これもまた、いつものことである。


さて。

楓川は八丁堀と本材木町の間、日本橋川と京橋川を繋ぐ川だ。老親分が二人を引っ張って松幡《まつはた》橋を渡り、連れて行った場所は、対岸の材木河岸。

こちら側になると一町《いっちょう》挟んでお城の外濠がある。江戸初期の頃、その外濠と楓川を繋ぐ紅葉川というのがあった。どちらも江戸城造営のための資材搬入運河として掘削された人工の川で、その後、早々に紅葉川の方は埋め立てられ魚河岸となった。だが、名だけは楓川に被さって残った。それで、〈楓〉と書いて〈もみじ〉と呼ぶわけだ。

その楓川。一段低い川縁に人だかりができている。

久馬が筵《むしろ》を剥ぐと、遠巻きに眺めている野次馬から一斉に呻き声が漏れた。

「こいつぁ酷《ひで》え……」

久馬も顔を顰《しか》める。

「かなり腐乱が激しいな。この暑さじゃ無理もないか。それにしても――なんで素っ裸なんだろうな？」

首を捻って傍らの老十手《じって》持ちに訊く。

「身元は割れてるのかい？」

「それが……ごらんの通り、身に着けているものが何一つねぇんで、今のところは何処の誰なのか皆目わかりやせん。髷《まげ》も潰れているが、町人でしょう」

現状でわかるのはそのくらいだと、老親分は白くなった小鬢《こびん》を掻いた。

「春庵先生の診立《みた》てでは、殺されたのは二、三日前だろうってこってす。傾斜《なぞえ》の草叢《くさむら》に転がってたのを、今朝、嫌ぁな臭いに気づいた荷足船《にたりぶね》の船頭がめっけたんでさぁ」

「親分さん！　親分さん！」

ここでどっと七、八人が、野次馬の群れを割って雪崩《なだ》れ込んで来た。いずれも小奇麗な身なりの町人たちである。

「ぜひ、仏さんの顔を見せてください！」

「私にも！」

「私にも！」

「私もだ！」

町人たちは松兵衛親分の許可を得て、順番に覗き込んでは次々に安堵の息を吐く。

「良かった！　ウチの若旦那じゃない！」

「違う！　私のとこも！」

「ふぅ、私もだ」

「違います。やれやれ」

「なんだい？」

吃驚《びっくり》している久馬に松親分が耳打ちした。

「この界隈の大店《おおだな》の番頭たちでさぁ。材木問屋に薬種屋、呉服屋と太物屋、あっちが画材屋、紙屋、米問屋に質屋、袋物屋、おぅっと、十軒店《じっけんだな》の人形屋もいるな！　もしや自分とこの若旦那ではと確認に来たのでしょう」

なるほど。この材木河岸の土手を登ると本木材町。その先の通りをまっすぐ行けば、ズラリと老舗《しにせ》が並ぶ日本橋の大通りに繋がっている。これら大店の若旦那たちは押しなべて遊興に耽っているらしい。吉原なんぞに連泊《いつづけ》は常のこと、中々自宅に帰って来ないから、もしや死人は暫《しばら》く顔を見ない倅《せがれ》ではないかと心配した主人やお内儀《かみ》さんに、様子を見に走らされたのだ。

「てぇことは、仏は何処ぞの若旦那で決まりだな」

したり顔で胸を反らす黒沼久馬だった。

ここで浅右衛門が口を開く。

「何故そう思うね、久さん？」

「素っ裸だからさ！」

久馬は得意げに黒羽織の袖を振って続ける。

「仏さん、よほど高価な衣装を纏っていたと見た。だから、追剥《おいは》ぎに身包み剥がされたのよ」

「確かになぁ」

浅右衛門は屍骸《しがい》に視線を戻して、ゆっくりと頷いた。

「この傷は直《じか》に斬りつけたものだ。つまり、脅されて、わざわざ衣を脱がされた後で殺《や》られている。凶器は匕首《あいくち》だな」

「やはりな！　賊は衣装を傷つけたくなかったってことだ。こりゃ、俺の読み通り被害者《ほとけ》は若旦那、下手人は金品狙いの追剥ぎの仕業に間違いない。松親分、その方向《セン》で調べてみてくれ」

「合点承知！　それにしても、相変わらず冴えてますな！　黒沼の旦那！」

誇らしげに目を細める松兵衛は、久馬の父の代からの十手《じって》持ちである。だから、久馬が息子のように可愛くてならないのだ。同時に、今は亡き久馬の父とともに八百八町《はっぴゃくやちょう》を駆け巡った若き日々を重ねて、懐かしく思い出しているのだろうか。

「うん？」

片や、今を生きる久馬、目聡く何かを見つけ、身を翻《ひるがえ》した。

取り巻く群衆の中に、一際《ひときわ》輝く一輪の花あり。

男柄の中型《ゆかた》の、グッと割った襟足から覗く白い項《うなじ》も婀娜《あだ》な、常磐津《ときわず》のお師匠、文字梅ではないか。

この文字梅、意味深な流し目を久馬にくれた。

「おい、行こうや、浅さん。どうやらお師匠さんが、用があるらしい」

首打ち人を振り返った久馬が、小声で付け足す。

「どうもな、文字梅は俺に惚れてるんじゃないかと、最近気づいたんだが。ここだけの話、浅さんはどう思う？」

「なあ、久さん、おまえさん、剣はダメでも推察の力はあると言ってたよな？　俺に言わせれば、その自信は何処から来るかねぇ？」

続けて、口の中で呟く。

（もうハズしていやがる）

「え？」

「よぉく見な、久さん。ありゃあ色恋沙汰の目つきじゃねえよ」


〈二〉


果たして、二人が招き入れられた先は、深川は菊川町の文字梅の自宅。常盤津《ときわず》の師匠とあって小粋な細格子、二階建ての仕舞屋《しもたや》である。そこの座敷にもう一人、久馬を待っている人がいた。

「キクと申します。何卒《なにとぞ》よろしくお願いいたします」

その人物が消え入るような声で、畳に深く頭を押しつけて挨拶する。

「このたび、ぜひとも助けていただきたいことがあって、身分もわきまえずお縋《すが》りいたします」

「大丈夫さね、おキクさん。こちらの黒沼様はモノのわかった優しいお武家様だから、安心おしよ」

「おいおい、何だい、こりゃあ？」

「実は、折り入ってお頼みしたいことがございます。このキクさんは私のお弟子の一人なんですが、最近、困ったことがあって……これはどうしても黒沼様のお力をお借りする他ないと私が勧めたんです。どうか、話だけでもお聞きくださいませ」

そう言って、緊張のあまり顔も上げられないキクに代わって、文字梅が語り出した。

「〈麦湯屋の怪異〉と騒がれている出来事なんですのさ」

今、巷《ちまた》で話題の、麦湯屋の看板娘の不可解な失踪の話だった。

二日前のことだ。

麦湯屋の看板娘がいなくなった。それも白昼、賑わう往来の真々中で忽然と姿を消したのだ。

「宛《さなが》ら、煙の如く掻き消えてしまったんです……！」

「ンな、はずはなかろう」

苦笑する久馬に、ズイッと膝を詰めてお師匠は言う。

「でも事実なんですよ。巷では奇妙な出来事だともっぱらの噂で、瓦版《かわらばん》にも書かれてござんす。黒沼様はご存知なかったですか？」

文字梅は瓦版を差し出した。

「ふん、瓦版？　そんなくだらねぇモノ、俺は読まねぇよ」

と答えつつ、瓦版に目を落とした途端、久馬は満面の笑みになる。

「ほう！　可愛い娘じゃねえか！　何々？　名はおフジ、歳は十五か」

「――私の妹でございます」

「へえ！」

久馬も浅右衛門も大いに納得した。というのも、この時、伏せていた顔を上げたキクは息を呑むほど美しかった！　瓦版の可愛らしい少女の姉というのも頷ける。いずれ劣らぬ美人姉妹だ。

「何処からお話ししたらよいのか。私は田舎者――池袋村の生まれです」

ここでひと講釈。当時のお江戸の範囲は、ご城下四里四方、〈朱引き内〉と言われた。東は平井、亀戸《かめいど》、西は代々木、角筈《つのはず》。南が品川周辺、北は千住・板橋までだ。文政元年（一八一八）、絵図に朱い線を引いて決定されたからこの名がある。もう一つ〈墨引き〉という線引きがあって、これは、町奉行所支配の範囲を示していた。当然、久馬の感覚はそれである。墨引きでは池袋は大江戸の外。実際、この時代の池袋は田畑が広がる長閑《のどか》な田舎の村だった――

「田舎者だなんて！　黒沼様、キクさんのご実家は池袋村の庄屋様なんですよ」

文字梅の言葉にポゥッと頬を染めるキク。まさに酔芙蓉《すいふよう》の風情だ。

「いえ、庄屋とは名ばかり、富裕だったのは昔のことです。母はとうに逝き、父は長患いで臥せっております。私は最近まで、さるお武家様のお屋敷に女中奉公に上がっていました」

理由《わけ》あって働くのをやめて村へ帰った、と明かす声が震えている。

「ほう？　その、やめた理由とはなんでぇ？」

ここが長所なのか短所なのか、場を読まない同心はズバッと訊く。

「そ、それは――」

浅右衛門は、キクの畳についたままの手、その袖口から覗く包帯に気づいた。

「美人故《ゆえ》の災いというものでござんすよ、お察しください黒沼の旦那」

お師匠が助け舟を出す。

「キクさんは何にも悪いことをしていないのに、嫌がらせが絶えなかったそうです。美貌を妬《ねた》んでのことと私は思いますがね」

「そいつは聞き捨てならねぇ！　屋敷の奥様に打擲《ちょうちゃく》されたのか？」

「とんでもない！　奉公先の殿様も奥様も、それは素晴らしい方で、私を大変可愛がってくださいました。だからこそ、これ以上ご迷惑はかけられないと、私の方からお暇《いとま》をいただいたのです」

「……？」

「印字撃ち、飛礫《つぶて》ですよ。一人でいるところを狙って、キクさんめがけて石が投げつけられる。それが一度や二度じゃない。益々ひどくなり、飛礫がお屋敷の縁に散らばり、障子や襖《ふすま》を突き破るほどになったんだそうです」

「手の怪我はそのせいか？」

浅右衛門の問いにキクは小さく頷いた。

「そういう事情もあって、入れ代わりで妹が村を出て、お江戸で働く運びになりました。今回、お力をお借りしたいのは、その妹のことなんです。私の怪我なんぞ、妹の災難に比べたら些細なことでございます」

妹のフジは麦湯屋へぜひにと望まれて雇われたのだ、とキクは続ける。

この麦湯屋だが、当世お江戸で大流行の出店だった。

一年を通じて、江戸の往来にはズラッと屋台店が並ぶ。蕎麦《そば》屋、汁粉屋、天婦羅《てんぷら》屋、粟餅屋、寿司屋、茶飯屋、おでん屋……

その中でも、麦湯屋は人気が高く、人通りの多い往来には〈むぎゆ〉と染め抜いた暖簾《のれん》を掲げる屋台店が必ず見られた。売り子に年若い器量良しを揃えて、その装束がまた堪らない。しどけなく結った帯、涼し気な浴衣に赤襷《あかだすき》を掛けた可愛い娘たちが注いでくれる麦湯は甘露の味というわけだ。麦湯は今で言う麦茶のこと。追加料金で砂糖を入れることもできた。この他には桜湯、葛《くず》湯、霰《あられ》湯を注文できる。但《ただ》し酒類は無し。この爽やかな色気が粋な江戸っ子に好まれたようだ。

フジの雇われた麦湯屋〈紅薄《べにすすき》〉の大元締めは茶問屋だそうで、そのお茶屋の寮に寝泊まりして、休みには村へ帰って来ていた。

「おかげさまで、神田は両国橋の西詰《にしづめ》、そこの屋台を任されたおフジは皆様に可愛がっていただいて、それは楽しく働いておりました」

ここで、浅右衛門がまた尋ねる。

「この瓦版の絵は昨日今日描いたものじゃないな?」

「はい。絵師の月岡夕斎《つきおかゆうさい》様がフジを気に入ってくれまして……何枚も描いてくださいました。これはその中の一枚を使っているのだと思います」

町娘が浮世絵に描かれる――このこと自体は特別珍しい話ではない。当時の浮世絵は、今で言うカタログや写真集などに当たった。どの店にどんな可愛い娘がいるか、江戸っ子は浮世絵を見て大いに参考にしたのである。瓦版は定期的に人気番付まで出していたほどだ。

フジの似姿は評判を呼び、たくさんの男たちが両国広小路の麦湯屋へ繰り出した。

フジ目当てに毎日通って来る贔屓筋《ひいきすじ》もできた。大店《おおだな》の若旦那衆はもちろんのこと、火消しに大工、左官に指物師《さしものし》、錺職人《かざりしょくにん》。道場帰りや湯島聖堂通いの若侍まで、客層は様々だ。

そんな麦湯屋〈紅薄〉の看板娘、おフジが忽然と消えてしまったのだとか……

「こりゃ、拐《かどわ》かされたかな？　こう可愛いときちゃあなぁ」

ボソッと漏らした久馬の本音に　キクが突っ伏して泣き出す。

「ワッ！」

「あ、いや、待て、そうとも限らぬ。そう！　本人の意思による駆け落ちってこともあるし」

「ウッ、ウッウッ……」

いよいよ泣き崩れる姉だった。

「わかった！　承知した！　キクさん、この件、私が責任持って調べてみよう！」

女の——とりわけ儚《はかな》げな美女の涙にめっぽう弱い花の同心・黒沼久馬なのである。

「ありがとうございます、黒沼様！　私からもお礼を申し上げます」

キクを送り出してから座敷に戻った文字梅は、改めて頭を下げた。

「さあさ、大したものじゃありませんが、召し上がって行っておくんなさい」

未だ独り者の久馬と浅右衛門にとって、師匠の手料理は格別だった。胡瓜《キュウリ》の塩揉み、蛤《ハマグリ》の杉焼き、アナゴと茗荷《みょうが》を青紫蘇で巻いたものから……

「ほう！　俺の好物の卵のふわふわまであるじゃねぇか！　豪勢だな！」

手際良く皿を並べて、冷酒を注ぎながら文字梅が言う。

「いえ、料理だけじゃござんせん。無理を頼んだ以上、黒沼様、山田様のお手を少しでも省こうと、この文字梅、おフジちゃん失踪事件についてできる限り調べてござんす」

「ぶっ」

酒を噴いたのは浅右衛門だ。

「私？　おい、お師匠さん、私も勘定に入っているのかい？」

「いやですよ！　山田様のお知恵抜きにはどんな事件も解決できるものですか」

次に異議を唱えたのは久馬だった。

「えええ！　浅さんは〈剣〉担当で、〈知恵〉は俺だろう？　ハハハ、常磐津《ときわず》だけでなく冗談も上手くなったじゃねぇか、文字梅？」

「さいですか？　ホホホ……」

薄く笑って袂《たもと》を一振りすると、文字梅は麦湯屋の娘、おフジの失踪前後の仔細を語り出した。この文字梅、松兵衛親分の娘だけあって探索の腕は超一級である。実際、久馬も一目置いているほどなのだ。

〈二〉


おフジがいなくなった時、麦湯屋の売り子はおフジ一人だけだった。

普段は最低二人はいるのだが、たまたまこの時、もう一人の売り子のタキが、寺子屋帰りの弟が怪我をしたという知らせを受け、抜けてしまっていたのだ。しかし、そう長い時間ではない。せいぜい小半刻（三十分）というところ。

周囲の屋台は天婦羅《てんぷら》屋、イカ焼き屋、白玉屋、蕎麦《そば》屋……

ちょうど昼の繁盛時で、皆それぞれの商いに忙しかった。戻って来たタキに、『おフジちゃんがいない。何処へ行ったか知らないか？』と訊かれて、屋台の主《あるじ》たちは初めておフジの姿が見えないのに気づいたという。

とはいえ、周辺の店の者たちが気づかなかったとしても、昼日中、しかも人通りの絶えない広小路である。何処へ行ったにせよ、おフジの姿を見た者がいないはずはない。

だが、誰一人として、当世評判の麦湯屋の娘を日撃した者はいなかった——

「まるで地面に吸い込まれたか、はたまた煙となって消えたか……」

文字梅が瓦版《かわらばん》売りの口上を真似て言うのを、久馬は笑い飛ばした。

「まさかな。伴天連《ばてれん》の手妻《てづま》じゃあるめぇし」

手妻とは手品のことである。

「だから、『神隠し』だの『怪異』だのと噂されて、大騒ぎになっているんですのさ」

「その麦湯屋に通って来ていた常連の中で、特に娘と懇意《こんい》な者はいたのかい？」

至極まっとうな質問をしたのは、いつも冷徹な首打ち人、浅右衛門だ。

この問いに、待ってましたとばかり文字梅は身を乗り出す。

「あい。おフジちゃんは若いお武家様にも職人にも、若旦那衆にもそりゃ人気だったんですが、その中でも特に足繁く通っていた人の名をここに書き留めておきました。まずお一人、ほぼ毎日やって来ていたという若いお武家様。名は早野仙乃輔《はやのせんのすけ》様です。小普請組で、お屋敷は千駄木……」

文字梅が半紙を滑らせて寄越した。

「それから、絵師の月岡夕斎様も足繁くお通いだったそうで。同じく、お住まいの場所を記しておきました」

「おう、そいつがさっきの——瓦版に載っていた似顔を描いた奴だな？」

「正式な浮世絵の方もご覧になられますか？　こんな感じです」

文字梅は長火鉢の引き出しを開けて、数枚、浮世絵を取り出した。

それを覗き込んで久馬が唸る。

「うーーーむ、いいじゃないか！　麦湯を注ぐ際の割れた裾から覗く足首、このキュッとしまった感じ——イテテ」

さっそく、文字梅に膝を抓《つね》られた。

「嫌ですよ、男はこれだから」

「いやさ、俺は絵を褒めたんだよ！　なあ、浅さん？　あんたは江戸一のよろず目利きだ。どうだいこの絵、中々と思うだろ？」

「……そうだな」

いつも言葉少ない浅右衛門もじっと見入っている。

「山田様が太鼓判を捺されるんだから、やはりいい絵なんですね！　良かった！　正直、これを集めるのに苦労したんですよ。夕斎様の描いた美人画の中でも、特におフジちゃんの絵は凄く人気があった上、今回の謎の失踪事件で火が付いて……もうほとんど手に入らない状態なんです」

「でも、手に入れてるじゃねぇか」

そこは腕の見せどころとばかり、文字梅はポンと胸元を叩いた。

「何年岡っ引きの娘をやってるとお思いで？　フフ、人の口を頼りに、今日日浮世絵《きょうび》の収集なら日本橋の薬種問屋〈紀州屋〉の若旦那、栄太郎《えいたろう》さんだ、この若旦那なら絶対持っているって聞いて……あたしゃ、すっ飛んで行きましたよ。急ぎの用があって出かけるところだという若旦那を引き留めて直談判の末、やっとこさ、この二枚だけ譲ってもらいましたのさ」

「月岡夕斎か。まだ、あんまし名を聞かねぇな。駆け出しってわけか。フフン、ならば、絵はこうも美しいが……暮らし向きは大変だろうな」

流行《はや》りの生壁色《なまかべ》、微塵格子《みじんごうし》の襟元をしきりに引っ張りながら、訳知り顔で久馬は呟いた。

「さっきの仏さんじゃねぇが、素っ裸で絵を描いてる売れねぇ絵師もいるそうだからよ」

「夕斎様は違いますよ。実は、お大身のご三男だそうで」

「何、たいしん――」

大身とは二千石以上の直参旗本を言う。一万石未満の直参の内、将軍に御目見えする資格があるのが旗本。その旗本を江戸庶民は「殿様」と呼び習わしたのだから、ご大身の息子なら紛れもない若殿、若君である。

「でも、ちっとも偉ぶったところのないお優しい御方ですよ。南鞘町《みなみさや》の裏店《うらだな》で身奇麗にお暮らしで、何より、ご本人が役者のように好い男なんです。今やお江戸の器量自慢の娘たちは皆、夕斎様に描いてもらいたがっていますのさ」

久馬は不審そうに眉を寄せた。

「なんで、そんなに詳しいんだよ？」

下調べにもほどがある。文字梅、含み笑いをして答えた。

「いえね、夕斎様については前から知ってたんですよ。実は、私も、ぜひ描かせてくれってせがまれたことがあって……」

耳たぶがポッと朱に染まる。文字梅は役者絵の団扇《うちわ》で胸元に風を送りながら付け足した。

「もちろん、私は断りましたがね」

「そりゃ、断って正解だ！　おまえさんみたいな大年増、描いたところでどうなる！

何処の酔興が見たがる——イタタッ……」

今度、同心を抓《つね》ったのは首打ち人だ。

「久さん！　これからさっそく、その絵師と若侍に話を聞きに行こうじゃないか！　せっかくここまでお師匠さんが調べてくれたんだ、さあ！」

賢明にも、久馬の袖を引いて部屋を飛び出す。見よ、団扇を持つ師匠の指が怒りで、それこそ隅田川で上がった獲れ立ての白魚の如く、プルプル震えているではないか。

（まったく！　またまた外しまくってやがる……）

こんな調子で、一体、何処が〈知恵の同心〉なのだか。浅右衛門は開いた口が塞がらない。

「何だよ、浅さん。俺ぁ、もう少し文字梅の手料理を味わっていたかったのに」

外へ出ても未練たっぷりに愚痴る久馬だった。

「そうは言うが、久さん、麦湯屋の娘が失踪して既に二日経つんだろ？　見つけ出すんなら早いに越したことはない」

浅右衛門は真摯《しんし》な口調で言い足す。

「下手したら、命にかかわるかもしれないからな」

「うむ、言われてみりゃ、その通りだ」

二人は遠いところから片付けることにした。まずは若い武家の早野仙乃輔とやら。

「所在は何処だって？　千駄木、団子坂……」

これが、かれこれ朝四つ（午前十時）のこと。

この時は知らなかったが、定廻《じょうまわ》り同心と首打ち人が麦湯屋の娘を探して右往左往する長い一日の始まりだった。


〈四〉


さっそく、歩き出す二人。

御成街道《おなりみち》から池之端へ出た辺りで、久馬が素っ頓狂な声を上げた。

「おい、あそこ、不忍《しのばず》のお池の畔《ほとり》……大榎の下に寝っ転がってるのはキノコじゃねえか？」

「そのようだ」

いくら八百八町《はっぴゃくやちょう》広しといえど、キノコが寝っ転がるはずはない。

キノコとは、松兵衛親分の息子で本名は竹太郎という。この竹太郎、頑強な父にも、聡明な姉にも似ず、フラフラしている。物書きになりたくて戯作者《げさくしゃ》の無性鯉思惟《むしょうこいしい》に弟子入りして、もらった名前が朽木思惟竹《くちきしいたけ》。それでいつしか、周囲からキノコと呼ばれ出した。

「よう、キノコ、創作の調子はどうでぇ？」

「ごらんの通り、しごく順調でさぁ」

何処がごらんの通り？　という言葉を呑み込んで久馬は言った。

「そりゃ邪魔して悪かった。俺には昼寝してるように見えたんで」

「馬鹿を言っちゃあいけやせんよ、黒沼の旦那。眠っているんじゃあない。私は今、目を閉じて、べらぼうに色っぽい人情話を構想中なんでさぁ。黒沼様など味わったこともない、花魁《おいらん》と家老の嫡男の目くるめく色恋沙汰……どっぷり濡れた愛欲の世界さね。ま、書き上がったら、その時は真っ先に黒沼様に読ませてさし上げるから、楽しみに待っていておくんなさい」

「……そりゃあ忝《かたじけな》い」

久馬、顎を掻きながら尋ねる。

「そりゃそうと、巷《ちまた》はおまえさんたち戯作者好みの事件で盛り上がっているらしいじゃねぇか。俺はたった今、誰あろう竹さんの姉さんに聞いたんだが。花魁なんかよりそっちを題材にする方が、下手なハナシでも少しは読んでもらえるんじゃねぇのか？」

「ああ、〈麦湯屋の娘、失踪の怪〉か」

　思惟竹はふふんと鼻を鳴らす。

「ありゃ、ありふれた話さね。あんなのは怪異でもなんでもない。わっちの食指は動かないね」

「ほう？　では、白昼、衆人環視の中、娘が消え失せた謎、竹さんには解けるのかい？」

「そ、それは、その、細かい点はちょっとわからないが、でも、あんなのは怪異の内には入らない。ホンモノの怪異なら……」

　明らかに苦し紛れにキノコは言った。

「そう！　〈根岸の鬼屋敷〉の方が千倍も不可思議だぁね」

「ま〜た、その場しのぎのデタラメを言いやがる。ほんと、負けん気と減らず口はガキの頃から変わらねえなぁ！」

　かつて、父に連れられてしょっちゅう松兵衛親分の家へ出入りしていた久馬である。思惟竹とは兄弟同然に育っているので、伝法《でんぽう》で遠慮のない口のきき方になる。そんな久馬を遮って、浅右衛門が半歩前へ出た。

「根岸の鬼屋敷？　何だいそりゃあ？」

「あれ？　モノシリの山田様でもご存知ない？　梅雨明けからこっち、子供らの間で流行《はや》ってる歌ですよ」

　ここで思惟竹、ムクリと起き上がった。そして、神妙な顔つきで鎌輪《かまわ》ぬ模様の浴衣の裾を正して座り直す。

「ありゃ、ホントに不思議な文句だ。耳にこびりついて離れなくってねえ」

「ふん、そりゃあ、昼日中《ひるひなか》から何もしねぇでゴロゴロ寝てばかりいるから耳につくんだよ」

　町奉行所配下の定廻《じょうまわ》り同心、ここで説教をひとくさり。

「まっとうな人間なら、お天道様が明るい内はシャキシャキ仕事に励むもんだ」

　姉の前でした如く、浅右衛門は久馬の袖を引っ張って黙らせてから、改めて竹太郎に尋ねた。

「子供の流行り歌？　そいつは興味深い。思惟竹さん。その歌、ぜひ私にも教えてくれないか？」

「ようがす！」

気を良くして竹太郎は歌い出した。姉に劣らず良い声だ。

♪根岸の里の鬼屋敷　怖いぞぅ
　屋敷に入ると鬼になる
　朝毎に、角《つの》が生えた鬼が　ゆーらゆーら
　根岸の鬼屋敷　怖いぞぅ　そこへ入ると角が出る……

「ううむ、面白いな！」

「流石、山田様はモノがおわかりだ！　ね？　こういうのがマジモンの怪異さね！」

二人がその場を離れると、竹太郎はまた寝っ転がった。数歩歩いてから肩越しに振り返って、久馬が溜息を吐く。

「チェッ、声を掛けて損をした。こっちは忙しいんだ、子供の戯《ざ》れ歌にまで付き合っちゃいられねぇや」

「そうは言うがな、久さん。子供の歌は真実を秘めていると伝わるぞ」

歩調は緩めずに、浅右衛門は思案顔で腕を組んだ。

「万葉集などにも、夕刻、往来へ出て子供の歌を聞いて人生を占う歌があるからなあ」

「まんにょう……？　何でぇ、そりゃ？　虎屋高林《こうりん》のまんじゅうなら知っているがよ」

「万葉集さ。帝の歌から庶民の歌まで載っている我が国最古の歌集だ。その中にな、〈言霊《ことだま》の　八十《やそ》の衢《ちまた》に　夕占問《ゆうけ》ふ　占正《うらまさ》に告《の》る　妹《いも》はあひ寄らむ〉というのがあって……こういうのを辻占《つじうら》と言うのだ。それから、子供の歌は童歌《わざうた》とも言って、古代より幾度も重大事件を予兆してきた」

「へぇ？　昔の人は悠長でいいねぇ」

身を反らせて、久馬は高笑いをした。

「今の世も、子供の歌が下手人を教えてくれりゃあ、俺たち御用の筋は楽ができて言うことなしだぜ！」

目に映る何処までも晴れた夏空。若い定廻《じょうまわ》り同心の笑い声も風に乗り、キラキラと吸い込まれて行った。


〈五〉

「むむ、小普請組と聞いてはいたがよ……」

麦湯屋の娘にゾッコンだったという早野仙乃輔の家の前で、今更ながら久馬は眉を寄せた。

小普請組とは無役の別称である。件《くだん》の若侍の住まいも武家屋敷とは名ばかり、至るところが修繕の必要があるほど傷んでいた。周囲に巡らせた海鼠《なまこ》壁のおかげで何とか体裁を保っているものの、玄関の前へ立つと苦しい暮らしぶりがよくわかる。前庭も庭というより畑にしか見えない。

元々、千駄木団子坂のこの辺は江戸の際《きわ》だ。見回す限り田畑が広がっている。敷地を確保できることから植木商が多かった。もう少し時代が下り安政の頃になると、この辺りの植木商が秋に広い庭を開放して菊人形を展示するようになる。それがこの地域の名物行事として定着するのである。

「もぅし――」

呼びかけて出て来たのは年若い娘だ。

零落した家屋敷に反して、息女は艶《あで》やかだった。華美ではないが、武家娘らしい清楚な美しさが匂い立っている。

身に着けているものも無役の子女とは見えない上等な品だ。茶屋辻模様の小紋に、小刀をキリリと挟んだ、引《ひ》き箔《はく》ヱ霞《えがすみ》の帯。尤《もっと》も、この辺りの〝妙〟は久馬にはわからない。粋人、七代目・山田浅右衛門の目線である。久馬が抱いたのはもっと率直な思いだった。

ああ、こんな息女に朝夕、細い指をついて送り出され、出迎えてもらえたら、俺は命に代えて働くぞ！　このような御新造《つま》を持ちたいと思わない武士はいないだろうな……！

玄関に立つ巻羽織《まきばお》りの同心を見て、息女は一瞬、怪訝な表情になった。慌てて久馬が訪問の目的を告げる。

「こちら、早野仙乃輔殿のお住まいでござろう？　本日はいきなりの来訪お許しください。当方、とある町人を探しているのですが、仙乃輔殿にご協力いただきたいことがあってやって来ました」

「わざわざお出向きいただきましたのに申し訳ありません。兄はただ今、留守にしております」

「いつごろお帰りですか？」

「もうそろそろ戻るはずですが……」

「ならば、待たせていただけますか？」

屋敷内は質素ながら綺麗に片付いていた。

座敷に腰を下ろし、供された茶を啜《すす》る久馬。浅右衛門が縁に立って庭を眺めていると、スッと襖《ふすま》が開いた。

「お待たせして申し訳ありません。私にご用とは？」

帰宅した早野仙乃輔である。掠《かす》れ十字の小袖に深縹《ふかはなだ》の袴。妹同様、行儀の良い、清々しい若侍だった。

「驚かせて申し訳ありません。私は町奉行所配下の黒沼久馬と申す者。こちらは友人の――」

「山田浅右衛門です」

武士は誰もがそうだが、浅右衛門の名を聞いて仙乃輔も一瞬、ハッと息を呑んだ。

久馬は挨拶を終えると単刀直入に訊いた。

「姿が見えなくなった麦湯屋のおフジの件で、ぜひ、お話をお聞きしたいのです。おフジさんは滅法、人気者だったそうだが、早野さん、とりわけお仲がよろしかったとか？」

切れ長の目を伏せる早野仙乃輔。

「そうですね。行き帰りの道で喉を潤させてもらいました。私には何よりの楽しみでした」

「行方について、知っていることはないですか?」

「フラれました」

いきなりの一刀。刃《やいば》なら死んでいる。脳天から真っ二つの気合、意表を突いた言葉の撃剣である。

「今更、嘘をついても始まらない。私はおフジちゃんに熱を上げて……嫁になってほしいと申し込んで、見事にフラれました。お武家様は格式が高い、と」

「いつのことですか?」

「三日ばかり前」

「ということは――おフジ失踪の一日前ですね?」

早野は乾いた笑い声を響かせる。

「お笑いです。武家は武家でも、ごらんの通り。我が家は、元は勘定吟味役まで務めながら、父が若くして中風に倒れ、それ以来の無役です。おフジちゃんも苦労を背負い込むだけだから、拒絶して当然と思いますよ」

「失礼いたします」

ちょうど妹が新しい茶を持って入って来た。浅右衛門が話題を変える。

「広い庭ですね？」

「亡くなった母が近隣の植木商の出で、この屋敷は母の実家の敷地と繋がっているんです。千駄木小町と評判だった母に父が一目惚れして、ぜひにと嫁にもらい受けたそうで」

　率直に答えた仙乃輔が、更に言う。

「父が無役になってから、母は家計を助けるために庭で野菜を作っていました」

「あの小屋は何ですか？」

　今度斬り込んだのは浅右衛門だ。切り返しというところ。指を指す菜園の向こう、疎《まば》らな雑木林の陰に小屋が見えた。

「ああ、あれは――」

　妹が答えようとするのを遮って、兄が口早に返答する。

「漬物小屋です。母は漬物作りの名人でね。母の漬物はこの辺りでは評判でした。畑から採れる菜で作っていたんです。だが二年前、長患いの父が逝くと、その後を追うように母も亡くなって――以来、あそこは使用していません」

　妹が退出するのを待って、仙乃輔は続けた。

「町人出の、働き者の母でした。そんな母を持っていたから……私もおフジちゃんと夫婦になって倹しくも幸せに暮らす夢を描いていたのですが、独り善がりだったようです」

仙乃輔は静かに笑って、伏せていた目を上げる。

「愚痴と思ってお聞き流しください。直参旗本といえども、こんな暮らしもあるのですよ。同心殿？」

「あ、うむ……」

若い侍の言葉に籠る棘《とげ》。黒沼久馬は口籠った。

落ちぶれたとはいえ、早野家は直参旗本。一方、久馬は幕臣としての位では格下の町奉行所配下の同心だ。しかし、同心は直参以外の地方藩士に対する捕縛権を持っているので、何か騒動が起こった際の手心を願う諸藩や、世話になる大店《おおだな》の商人たちから膨大な付け届けがある。そのため、暮らし向きは眼前の早野家より遥かに豊かなのだった。

「何か、隠している。臭うな。そう思わねぇかい、浅さん？」

早野仙乃輔の家を出るや、久馬は浅右衛門に囁いた。

「そうだなぁ――む？」

海鼠《なまこ》壁が途切れて竹の籬《まがき》に変わった辺り。籬に絡まっていた白い花びらを抓み上げて、浅右衛門は小さく首を傾げた。

（なんだ、花じゃないのか。綿毛？　いや、羽毛？）

二人が次に向かったのは絵師の月岡夕斎宅である。ちょうど江戸へ引き返す途中だという、〈戻り籠〉に行き当たって、それに乗って市中へ戻った。

この時、昼九つ（正午）ほどになっていた。

〈六〉

絵師の住まいは、日本橋は南鞘町だという。

そこは今朝、屍骸《しがい》が見つかった楓川にも近い。月岡夕斎は質屋の裏の、小さな庭も付いた四軒長屋のとっつきに住んでいた。浅右衛門が納得顔で言う。

「なるほどねぇ。この辺りには老舗の紙問屋や画材屋も多い。いい場所を選んだな」

「へぇ？　そうなのか？」

「うむ、歌川広重や幕府の御用絵師狩野《かのう》派の狩野安信《やすのぶ》などもこの辺に住んでたそうだぜ」

月岡夕斎本人も先人の絵師たちに負けない堂々たる風貌だった。髪は総髪に結って、涼し気な薄い蒼、誰が名付けたか甕覗《かめのぞき》という色合いの駒絽《こまろ》に、白地の博多献上帯が良く似合っている。

「行方知れずのおフジ坊のことを聞きにいらっしゃった？　どうぞ、お上がりください」

二本差しを捨てて町人になったとはいえ武家育ち、しかも歴としたご大身の息子とあって、その気品と風格は立ち居振る舞いに色濃く残っていた。この絵師の父が神保《じんぼう》小路《こうじ》に上屋敷、海辺大工町に下屋敷を有す、現在の書院番頭《ばんかしら》を務めている土屋某《なにがし》だということも、久馬と浅右衛門は既に承知している。

「私も心配で堪りません。おフジちゃんは、それは素晴らしい娘さんでした。私ども絵師で言う、〝像主《ぞうしゅ》〟……一生の内でそうは出会えない像主でしたよ。正直、あの娘を描いて私は開眼させてもらった……」

「行方などについて思い当たることはありませんか？」

「いいえ、それが皆目」

裏庭に面して開け放した障子の前に敷かれた毛氈《もうせん》、その上の絵絹、整然と並べられた絵筆や絵の具……全てがきちんとしている。

涼風《すずかぜ》が吹き過ぎて、軒の風鈴がチリンと鳴った。

いつもと勝手が違うと見えて口の重い定廻《じょうまわ》り同心に代わり、徐《おもむろ》に浅右衛門が質《ただ》す。

「この種の造りの長屋には中二階がありますよね？」

「――」

「え？　浅さん？　そうなのかい？」

大概、長屋は平屋である。吃驚《びっくり》して目を見開く久馬を見ずに、土間に置かれた梯子へ視線を走らせる浅右衛門。それから、天井の角、四角く切ってある部分へ目を移す。

「あそこを開けると梯子が掛けられる仕組みですか。四畳半ほどの中二階へ上れるはず……」

「確かにおっしゃる通りです。町屋の造作にもお詳しいのですね？　流石、全てに通じた目利き、七代目・山田浅右衛門殿だ！」

絵師はカラカラと明るい声で笑う。その顔がまた、ゾッとするほどイイ男だった。

「尤《もっと》も――」

上唇を舐め、月岡夕斎はきっぱりと言い切った。

「独り住まいには広いので、私は使っていません。だから梯子は、ああして外してあるのです」

「『中二階を見せてくれ』と、あの場で続けて言わなかったのは何故だい、浅さん？」

絵師宅を辞してすぐ、こう訊いたのは久馬だった。

「それを言うかどうか、決めるのは俺じゃない。あんたの判断さね、久さん」

「すまねぇ」

黒沼久馬は、いきなり頭を下げた。

「わかってるよ。俺に気を遣って、あそこで止めてくれた――それ以上、訊くのは止めてくれたんだよな、浅さん？」

浅右衛門が答えるより先に、久馬は言い切った。

「認めるよ。俺ぁ、あの場で二階へ踏み込む勇気はなかった。ひょっとして、麦湯屋の娘が監禁されているかも、と疑いはしたが……俺はビビった。怖気づいちまったのよ」

（万一、そこに娘がいなかったら……？）

今は町人――絵師とはいえ、相手は大身の若様だ。あらぬ疑いを掛けられたと、絵師の父親の怒りを買うことを、久馬は恐れたのだ。

〈花の同心〉と持て囃《はや》されても、それは町人の世界での話。久馬たち町奉行所配下の同心が大きな顔をできる相手は町人まで《そこ》だ。

先刻の、無役で落ちぶれた早野仙乃輔の眼差しを思い出す久馬だった。現在は小普請組といえども、直参旗本の矜持が胸に刺さってチクチク痛い。

「ここでヘマをしたら、俺の首くらいアッサリと飛ぶ。親父殿や爺様、ひい爺様が代々勤め上げ引き継いだこの職を失うことが俺は恐ろしい」

「よしてくれ、そりゃ俺も同じさね」

浅右衛門は慌てて頷いた。

「同心の久さん以上に、仕官すらしていない俺など、ご大身様の威風の前じゃあ紙より軽く吹き飛ぶわな」

口ではこう言ったが……浅右衛門は胸の中で首を横に振る。

（あ～あ、これだから、いけない。こんな姿を見せられるから、俺はこの男を切ることができないのだ）

もちろん、縁を〝切る〟という意味だ。

しょげ返る巻羽織《まきばお》りの肩を叩いて慰めながら、浅右衛門はこっそり苦笑した。

この男のこういう素直なところが困る。おっかねえものを、真正直におっかないと言う、何処までも澄み切って澱《よど》みのない心……

フシギなもんだ。

「なあ、久さんよ？　俺はね、自分がおっかないもののことは決して口にしない。急所は他人に見せないんだ」

「え？」

「それがどういうことか、わかるかい？　つまり――」

「何だ？　何の話だ、浅さん？」

「俺の方が弱いのさ。久さん、どうも俺ぁ、金輪際《こんりんざい》、あんたには勝てそうにねえなあ？」

「はぁ？　何言ってんだか、全然わからねぇぞ、浅さん？」

「そこな、お二人！」

山田浅右衛門が語ろうとした最も重要な部分は、突然割り込んで来た胴間声《どうまごえ》によって掻き消された。

旋風《つむじかぜ》の如く飛び込んで来たのは、曲木の松親分だ。

「はあ！　やっとめっけた！」

「どうした、親分？　素っ裸の仏の身元がわかったのかい？」

流石に岡っ引きの前では威儀を正して、久馬が訊いた。

「でなきゃ、それをやった下手人をとっ捕まえた？」

残念ながら、と手を振って、松兵衛は言う。

「そのどっちもまだ埒《らち》が明かねぇ。あっしが来たのは、そっちの件じゃなく――麦湯屋の娘の件でさ。文字梅の奴が黒沼様に無理なお願いをしたそうですね？」

老十手《じって》持ちは体を二つ折りにして深々と頭を下げた。

「誠にもって相すまねえ。あっちの件はバケモン沙汰だ。だから、黒沼の旦那を煩《わずら》わすつもりは毛頭なかったんですがね。でも、お耳に入ったなら仕方ねぇ」

松兵衛は鼻を擦り上げると、言葉を重ねる。

「麦湯屋の件では、ちっとばかし、あっしに情報があるんでさ。早野仙乃輔てぇお武家様がね、どうも怪しい。妙な話が入ってまさぁ」

こう前置きして、松兵衛が語ったこととは――

〈七〉


「早野仙乃輔様ってのは行方知れずになった麦湯屋の看板娘、おフジにゾッコンだったお武家ですがね、おフジが失踪する前日に求婚して、断られてる。え？　ご存知で？　そいつぁ、お耳が早い。だが、話はこれからです。このお侍がね、でかい風呂敷包みを持ってあの界隈をウロウロしてるのを目撃した者が、何人もいるんでさ」

「風呂敷包みだと？」

久馬の目が煌《きら》めいた。

「……このくらい」

と、老親分は手で西瓜ほどの大きさを示す。

「剣道《やっとう》の防具か何かかもしれませんが、通ってる道場の方向とは違う。早野様は谷中の道場で師範代を務めておられるんでさぁ」

「そいつぁ、初耳だぜ」

驚く久馬。

「谷中の道場と言うと――柳剛流《りゅうこう》だな？」

こう訊いたのは浅右衛門だった。

「さいです」

曲木の松は頷いて続ける。

「でかい風呂敷包みを抱えてるのを目撃されたのは、ズバリ、神田の往来だ。麦湯屋が出店してる道筋ですよ。しかも、詳しく調べると一度や二度じゃねえ。どうやら何度もかさばった荷物を下げて行き来している節《ふし》がある。こりゃ妙な話じゃござんせんか？　尤《もっと》も、だからって、あっしら岡っ引き風情が、荷物を持って天下の往来を行き来したかどでお武家様に詰問できるはずがねえし、この件はここまでってわけで放っておいたんでさ。だが、黒沼様が動くとなると話は別だ。それで、とにもかくにもあっしが把握しているハナシだけでもお知らせしとこうと思った次第でさ」

松兵衛は剥貝《むきみ》絞りの手拭いで首筋を拭う。

「正直言って〈麦湯屋の娘〉みてぇな怪異沙汰はあっしらの領分じゃねえや。こちとら人間相手で手一杯でぃ。それじゃ、あっしはこれで戻ります。せいぜい精を出して、素っ裸の仏さんの身元をつきとめまさぁ」

「おう、親分、手間をかけたな。わざわざありがと――……よ」

もういなかった。砂埃だけが舞っている。

「やれやれ。麦湯屋の件が怪異と言うが、ああやって神出鬼没で江戸中をかっ飛ばしている曲木の親分が妖怪に数えられる日も近いかもなぁ」

「まったくだ」

笑って頷いた首打ち人へ、久馬は真顔を向けた。

「ところで、どう思う、浅さん？」

「どう思うって？」

「今聞いた、若侍、早野仙乃輔の風呂敷包みの話さ。俺は一つ思い当たったことがある」

唇を湿らせてから、久馬は言った。

「ひょっとして……ひょっとしたらだよ、浅さん。おフジが白昼掻き消えた謎、俺は解けたかもしれねぇ」

「本当かい、久さん？　そりゃ、凄いじゃないか！」

「だが、それをきちんと説明するためにも……」

まずは麦湯屋の〝現場〟へ行ってみよう。

笑顔を引き締めて、黒沼久馬は提案した。

ということでやって来た神田の大通り。時刻は昼八つ前。ちょうどフジがいなくなった頃合いだ。

両国橋の西詰は今日も人波が途切れることがない。ずらりと並んだ屋台店は賑やかに商売を続けている。だが、麦湯屋は畳まれた状態だった。

気の弱い元締めの茶問屋の主人が寝込んでしまい、江戸中に出している麦湯屋〈紅薄〉の屋台は全て休業中だという。

それも仕方がない。まさにここから昼日中《ひるひなか》、娘が消えてしまったのだ。瓦版にも載った不可思議な出来事とあって、畳まれた屋台をチラチラと眺めながら通り過ぎる人も多かった。そんな物見高い江戸っ子たちも、屋台の傍らに立つ巻羽織《まきばお》りに赤房の十手《じって》を揺らした同心の姿に気づくと、そそくさと通り過ぎて行く。

「畳んでしまうと、屋台店ってのは小せぇものだな」

「うむ。商う材料《モノ》が違うだけで、屋台の造作は皆、こんなものなのかね」

残された提灯。これは正面に店名〈紅薄〉を記し、全体を紅色に染めて薄《すすき》の字だけ白く抜いてある。

屋台の両側には紺地に赤い文字で〈むぎゆ〉の暖簾《のれん》。四角い台の上は、今は片付けられて何も置かれていないが、いつもなら麦湯の釜と白湯《さゆ》の釜、その他には砂糖壺や茶碗などが載っているのだろう。

奥には床几《しょうぎ》が十二脚ばかり、きちんと重ねて積んであった。

それら屋台から備品までひと当たり見回した後で、まさに久馬が口を開こうとした時——

パタパタと足音がして、続いて高い声が響いた。

「あ〜〜やっぱり、今日もやっちゃあいねぇよ、兄ちゃん！」

「ちっ！　じゃあ今日も、全部売り切るには時間がかかっちまうな」

「うん？」

見れば十歳前後の男の子が二人。どちらも真田紐《さなだひも》を掛けた大きな笊《ざる》を首から下げている。

「おう、茹卵《ゆでたまご》売りか」

厳しい表情が一転、思わず顔を綻ばす久馬だった。

「うわっ！　出たっ！」

「八丁堀の旦那だぁ！」

「こらこら、人をバケモンみたいに言うんじゃあねぇよ」

久馬は逃げ出そうとした二人の襟をむんずと掴んだ。

「ひええ！　お許しを！」

「番屋へしょっ引かないでおくんなさい！　家では病気の母ちゃんが、おいらたちのこと待ってんだから！」

「そうだよ！　捕まえるなら、せめておいらだけにして！　弟は許してやって！」

「だから——早合点はよしな！　誰がおまえら、チビスケなんぞ取っ捕まえる？」

苦笑しつつ、久馬は言った。

「小腹がすいたから、ちょうどいい、茹卵を買ってやるよ」

「え？」

二人の子供たち、途端に暴れるのをやめて……

「そりゃ、まいどありぃ！！！」

「いくつにしましょう？　枝豆もあるよ！」

お江戸の往来に屋台はつきものだが、もう一つ、ぼてふり——所謂《いわゆる》、荷を担いでの行商人もなくてはならない風景だった。

その種類を数え上げたらきりがない。食べ物だけでも、花輪糖《かりんとう》売り、たたき納豆売り、七味唐辛子売り、こはだの寿司売り、汁粉、白玉、金時売り、飴売り、餅売り……

季節を投影するものなら、たとえば夏の今は、金魚売りや蚊帳《かや》売り、風鈴売り、手拭売り、スイカ売り。暑気当たりの薬を売る定斎屋《じょさいや》、琵琶葉湯《びわようとう》売りに甘酒売り……

おや？　と思われるかもしれないが、甘酒はこの時代は夏の飲み物だった。夏バテ予防の栄養剤として好まれたのだ。

一方、この兄弟のような茹卵《ゆでたまご》売りは一年を通じて存在した。特に、飲み物しか出さない麦湯屋などの周囲でよく売れたらしい。

客は二個三個と買って、売り子の娘にも奢《おご》って少しでも長居しようとする。その他には、お使い帰りの丁稚《でっち》が小腹を満たしたり、子供たちがおやつにしたり……

要は、江戸の往来は、屋台に寄る暇や金がない者でもそれなりに楽しめたというわけだ。

面白いのは、麦湯屋が売り子に若い器量良しを揃えた如く、茹卵売りには幼い子供や老爺が多かった。売りさばくのが容易なことと、荷の軽さから、体への負担が少なくて済むためかもしれない。

「じゃ、四つ」

そこで久馬、例によって静かに微笑している首打ち人を振り返った。

「浅さんも二つは食うだろ？」

「しかし、久さん、茹卵だけじゃ、喉に詰まらねぇか――」

「冷やっこい〜〜〜冷やっこい〜〜〜」

「こりゃ渡りに船だ！　おおーい、冷水売り、こっち、二杯、いや、四杯もらおう！」

「毎度！」

この独特の掛け声もまた江戸の夏を彩った行商人《ぼてふり》、冷水売りである。

水桶を天秤棒の前と後ろに掛けて担ぎ、前の水桶の上に市松模様の屋根を付けただけでなく、黒塗りの額に涼し気な乙姫と浦島太郎の絵を掲げ、風鈴まで飾っている。更に冷たさが倍増するよう、使っている椀は錫《すず》や真鍮《しんちゅう》だった。一椀四文。麦湯同様、望めば砂糖を入れてくれた。

久馬も、迷わず所望する。

「二杯は砂糖を入れてくんな」

そして、麦湯屋の裏に片付けてあった床几《しょうぎ》を出して、茹卵売りの兄弟も座らせた。砂糖入りの二つは兄弟の分だ。

「驚かせたお詫びだよ、さあ、飲んで行きな。今日も暑くなるぜ」

「流石！　天下の同心様！　江戸のモテ男！」

「太っ腹だぜ、ありがとうございます！」

「フフ、今更おだてても遅ぇや」

卵に齧り付きながら久馬は訊いた。

「ところで、おまえたち、この屋台の売り子、麦湯屋の娘がいなくなった日に、特別変わったことはなかったか？」

「おフジ姉ちゃんのこと？」

兄弟は揃って首を横に振った。

「知ってたら、真っ先に同心様《だんな》に知らせてるよ！　でも、あの日、俺たちが卵を売りに来た時は何も変わりはなかった。いつものようにおフジ姉ちゃんがいて、ちゃんとお客の相手をしてたよ」

「ボウズたちは大体同じ時刻にここへ来るのかい？」

兄弟は口々に答える。

「そうだよ。おいらたち、卵を受け取ると真っ先にここへ来るんだ！」

「すぐに半分くらい売れるからね、なぁ、兄ちゃん！」

すると、今度は久馬が逆に訊かれた。

「同心様、おフジ姉ちゃんが煙みたいに掻き消えたって本当なんですか？」

「まあ、それを、調べてる最中さ」

「掻き消えたって言えばさ、最近そういう人、多いよね、兄ちゃん？」

兄を見上げてそう言ったのは弟だ。

「え、おフジ姉ちゃんの他にいなくなった人がいたっけ？」

「佐吉《さきち》さんだよ！　最近通りで会わなくなったもの」

「そりゃ、売り場を変えたのさ。佐吉さんは大人だし遠くまで行ける。この辺だけが根城の俺たちと違って、もっと売れるところを見つけたんだろう」

「佐吉さんてのは誰でぃ？」

「稲荷寿司売りです。弟は御稲荷さんが好物だから、ちょっと姿が見えないと大騒ぎするんです」

弟の頭を撫でて、兄の茹卵《ゆでたまご》売りは笑う。

「わかったよ、今日は卵を売り切ったら帰りに稲荷寿司を買ってやらぁ」

それから再び久馬に視線を移して、兄は真剣な顔で言った。

「頑張っておくれよ、同心様！　おフジ姉ちゃん、すごく綺麗で優しかった！　早く帰って来るといいな！」

「おう、任せときねぇ」

そう答える久馬の声が微かに翳《かげ》ったのに気づいたのは、浅右衛門だけだった。

茹卵《ゆでたまご》売りの兄弟が去ると、改めて久馬は浅右衛門に言った。

「見なよ、浅さん。こうやってる間も、ひっきりなしに人が通る。こんな中で、娘っ子が誰の目にも留まらず消え失せたんだから、怪異と騒がれても当然だわな。が、こう考えたらどうだろう?」

いったん言葉を切って、乾いた地面に目を落とす。

「実は、あんまし良い心地がするハナシじゃねぇが、俺の推察を聞いてくれるかい?」

「聞こうじゃないか」

キュッと唇を窄《すぼ》めてから、久馬は本題に入った。

「おフジは浮世絵にまで描かれた、今を時めく可愛い娘だ。確かに〝丸ごと〟連れ歩いていたんじゃ人目につく。だが、部分に分けたらどうだろう?」

あくまでも落ち着いた口調で浅右衛門は問い返す。

「それは、つまり、〝斬り分けた〟ということかえ?」

「そうさ。浅さん、正直に教えてくれ。剣に覚えのある者なら、短い時間に人一人殺めて解体するのは可能だろうか?」

浅右衛門はその先を口にした。

「それを風呂敷に包んで——運び去ったと？」

久馬は大きく頷いて続ける。

「松親分は西瓜ぐらいの大きさの風呂敷包みだと言っていた。俺なんかじゃ無理だがよ、剣の達人なら——つまり、あんたのような、さ。スッパリやって出血も最小限で済ませることができるはず。しかも、当日は店をやっていた。ここは麦湯屋だ。だから、水はたんとある。流れた血はザッとでも洗い流せる……」

「しかしよ、久さん」

首斬り人は改めて周囲を見回した。

「いくら周囲の屋台店が客あしらいで忙しかったとはいえ、客たちや通行人の目だってある。〈人殺しの惨劇〉を完全に覆い隠すのは、流石に難しいんじゃねえかい？」

「そこさ」

久馬も首を伸ばして、往来を眺め回しながら言う。

「ここ、麦湯屋の両隣の店は何だ？　天婦羅《てんぷら》とイカ焼きとくる。その向こうには糖蜜をトロリとかけた団子屋だ」

どれも独特の美味そうな匂いを発する。人の嗅覚を惑わせ、紛らわせる……

「なるほど、匂いの方はわかった。だが、人の目……視線はどうする？」

「だから、それには――これを使ったのさ！」

久馬が引っ張り出したのは葭簀《よしず》だった。

屋台店にはなくてはならない備品《モノ》だ。

冬は風や雪を防ぐし、今ぐらいの季節なら陽射しを遮断して暑さ除けになる。また、客に見られたくない雑多な道具類を隠すのにも役に立つ。要するにこの葭簀、屋台店では大いに重宝した。

「屋台の奥に引っ張り込んで、これを立て掛けて、その陰で全てを遂行する――」

久馬は自分の推理を締め括《くく》る。

「下手人は早野仙乃輔だ。動機は色恋沙汰。求婚を断られて、愛しさ余って憎さ百倍ってやつよ」


〈八〉

見事結論に達したが、定廻《じょうまわ》り同心の顔は楽しげではなく、声も沈んで暗かった。巻《まき》羽織《ばお》りの両袖に腕を入れ、床几《しょうぎ》に腰を下ろしたまま、伸ばした足先を見つめている。

「なあ、浅さん。正直、俺は迷ってる。俺に旗本を裁く権限はない。その上、この件は正式な担当ではないし手柄にはならねえから、深入りしない方が利口なんだろう。救いのねえ結末を告げて、逆恨みされるのも割に合わねえしな。最低限、やることはやったんだ、文字梅やおキクさんにゃ目串《めぐし》が立たなかったと告げて、逃げる手もある。でもなぁ」

「最後までやりとげたい、か？」

「それさ！　それに、やっぱり真実を突き止めてぇ。何より妹の行方についてきっちり調べると姉さんに約束したからには、妹がどうなったか、間違いのないところを教えてやりてぇのよ。たとえ、どんなに哀しい結末だとしても」

「いかにも、あんたらしいや、久さん」

「付き合ってくれるかい？」

「今更、ここで降りるとは言えないさ」

「そう言ってくれるとわかってたぜ！」

途端に元気になった定廻り同心、とびきりの笑顔で首打ち人の顔を覗き込んだ。

「でな、俺に一つ妙案がある。あの若侍から手っ取り早く真実を聞き出す〈奥の手〉さ。それを試してみようと思うんだ」

浅右衛門は吃驚《びっくり》した。

「奥の手って、大丈夫かい、久さん？　松兵衛親分も、早野は谷中の道場で師範代を務めていると言っていたが、あいつはかなりの遣い手だぜ」

「やっぱりな！　浅さんにはソレがわかるんだな？　なら、尚更だ。ぜひともここはいっ、あんたの協力がいる。いいか？」


「何者⁉」

池之端仲町、不忍池からまっすぐに抜ける道。

昼下がりのその時刻、不思議に人気《ひとけ》はなかった。サヤサヤと風が渡って、生い茂った木々の間から水明かりが透けて見える。

——と、突然、斬り込んで来た襲撃者の鋭い一刀。間一髪、仙乃輔は身を捩って避け、大刀を抜き放つ。同時に風呂敷包みが宙を飛んで、地に落ちた。

グシャ……

嫌な、肌が粟立つような音が響いた。だが、そちらに目をやる余裕は仙乃輔にはない。

間を置かず降りかかった二刀目を鍔元《つばもと》で受けて、低く腰を落とす。

一閃。水平に薙《な》いだ――

刹那、襲撃者は地を蹴って、消えた。いや、屈んだ仙乃輔の体を飛び越して背後の地面に下りたのだ。次の瞬間、白刃は若侍の首筋にあった。

「そこまでだ！」


木陰より出て来た人影から、声が飛ぶ。

「十分だ！　双方とも、お見事！　どうか刃を収めてくれ、早野さん、浅さん」

「浅――？」

早野仙乃輔は漸《ようや》く止めていた息を吐き出した。

「あ！　貴方は同心殿？　……一体これは何の真似です。いきなり斬りつけるとは！　肝を潰しましたよ。悪ふざけにもほどがある」

「いや、申し訳ない。だが、どうしても確認したかったのだ――」

駆け寄って謝る久馬の眼は、炯々《けいけい》と光っていた。

「貴殿の剣の腕と、風呂敷包みの中身を……」

「っ！」

「貴方が柳剛流の師範代だと聞いて、その実力のほどを見極めたく、友人に手合わせを頼んだんです。私のヘッピリナマクラ剣では到底無理なのでね」

久馬は、既に刀を鞘へ収めている山田浅右衛門を振り返って、訊いた。

「で？　どうでえ、浅さん？」

「噂通り、見事な腕さね、久さん。私はもう少しで足がなくなるところだった」

柳剛流は、地を這う低い剣さばきで、対戦者の脛《すね》を斬る秘儀で恐れられている。

「早野さん、噂に聞く妙技、確かにこの身をもって味わわせていただきました。ありがとうございます」

刀を収めて仙乃輔も薄く笑った。

「貴方にそう言っていただけて、光栄です。七代目・山田浅右衛門殿」

「悪く思わんでくれ、早野さん」

南町奉行所の同心は人懐っこい笑顔で再度頭を下げ、悪びれることなく続ける。

「そんな手練《てだ》れの貴方が、でけえ荷物を下げて往来をウロウロしていたと聞けば、こりゃあ怪しいと思うだろ？　まして、貴方が求婚した屋台の看板娘が失踪してる。当然、風呂敷の中身について推察するってもんさ」

そこで久馬は、やや離れた地面に転がっている風呂敷包みに視線を定めた。

「嫌な音がしてたが、何でぇ、中身は？」

「クソッ！」

仙乃輔は無念そうに土を蹴った。

「……これで終わった！」

「う！　こりゃあ……」

大股に近寄って風呂敷包みを覗き込んだ久馬、思わず唸り声を漏らす。

風呂敷包みからはドロリ、ねっとりしたシミが溢れ出している。

が、血潮ではない。赤ではなく、黄色、そして白濁――

「卵!?」

「あーあ、だから言ったんだ。今日の分は終わり――ダイナシだと！」

ポカンと口を開けたまま固まっている同心に代わって、浅右衛門が訊いた。

「……早野さん、これはどういうことです？」

「ごらんの通り、私の内職ですよ。私は母のように畑仕事は上手くない。漬物作りだって無理だ。それで――家計の足しに鶏を飼い始めました。卵を集めて、神田の業者に卸《おろ》しているんです」

「そういやぁ、あの界隈の茹卵《ゆでたまご》は人気だもんな！」

久馬の目裏に、屋台店の並ぶ往来を、真田紐《さなだひも》を掛けた笊《ざる》を首から下げて売り歩いている兄弟の姿が蘇る。

「同心殿も山田殿も、我が早野家の内情はご覧になったはず。病身の父の代からの無役で、この先も私が復職できる見込みはありません。まあ、私だけなら師範代の給金でやっていけますが……」

妹の八重《やえ》の縁談が決まったと、仙乃輔は言った。道場仲間に見初められて、望まれての輿入れだそうだ。

とはいえ、道場では同輩でも、相手は家格が上。三百石の家の嫡男だという。先方は体一つで来てくれればいいと言っているが、兄として、妹には少しでも恥ずかしくない用意をしてやりたくて……

「母の漬物小屋は、今は鶏小屋です。だが武士としての見栄で、同心殿へ正直に話せませんでした」

「わ、悪いことをした、早野さん、もちろん、卵代は弁償しますっ！」

平謝りの同心の言葉に、首打ち人の声が重なる。

「私も、卵代は折半で出すよ、久さん」

今回は、久馬だけの失策ではない。自分も、もっと早く気づくべきだった。

（そうか、養鶏か。鶏を飼っていたのか……）

籬《まがき》に絡んでいた白い羽を思い出して、浅右衛門は小さく舌打ちした。

これで明白になったこと。

早野仙乃輔は毎日新鮮な卵を、神田は広小路近く、神保町の煮焚き屋へ売っていた。煮焚き屋は届けられた卵を茹でて、例の兄弟をはじめとする茹卵《ゆでたまご》売りに売らせる、という図式である。その行き帰りの道で、麦湯屋で働くおフジを見初めたのだ。

「それで仄平《ひょうそく》は合う。早野仙乃輔を下手人と疑ったのは俺のしくじりだ」

てっきり、腕の立つ仙乃輔が屋台裏で娘を殺し、バラバラにして持ち去った後、ゆっくりと屍骸《しがい》の始末をしていると読んだのだが。

しかし――

「ショゲてる暇はねぇ！　こうなったら、残るは月岡夕斎だ！　絵師の自宅へ乗り込むぞ！」

久馬は叫んだ。

「俺ぁ、もう腹を括《くく》った！　ご大身だろうが構やしねえ、二階を検《あらた》めよう、浅さん！」

再び至った日本橋は南鞘町。

友である首打ち人を連れた巻羽織《まきばお》り、赤房十手《じって》持ちの定廻《じょうまわ》り同心の急襲に、絵師はたじろいだ。

「一体何事です？　知ってることは先ほど、全てお話ししたはず――」

「四の五の言わず、二階を見せていただこう！」

「あ、そこは」

夕斎の顔色が変わった。

「おやめください。物置き代わりで、何もありませんよ。やめ――」

久馬は土間の梯子を引っ掴むや、盾《たて》代わりにブン回して、止めようとする絵師を跳ね飛ばす。そして、それを勢い良く天井の隅に立て掛けた。

「やめろ！　やめてくれ！」

「えい、離せ！」

足にしがみついた絵師を蹴って落とし、一気に駆け上る。

「だめだ、見るなーーーっ！」

ダン！

天井板を押し上げ、飛び入った中二階――

「うわっ！」

久馬は喘《あえ》いだ。

（遅かったか？）


〈九〉


居た。

灯のない四角い闇の中、ぼうっと浮かび上がる娘の顔。

確かにあの可愛らしい看板娘、麦湯屋のおフジだ。

だが、血の気のない真っ青な顔は、既に生きているものの色ではない。

その上、胴から先……足がなかった……！

「ぎゃあああ！」

町奉行所配下の定廻り同心は腰を抜かした。

「幽霊っ……！　出たぁ！　幽霊っ……！」

「久さん⁉」

続いて駆け上って来た浅右衛門、即座に頷く。

「おお！　こりゃ、幽霊……」

それから、付け加えて一言。

「見事な出来じゃあないか！」

「え？」

長屋の二階、四畳半の闇に浮かび上がったのは、幽霊姿のおフジの〈絵〉だった。


「だから、見られたくなかったのに。未完成なんですよ……」

「月岡殿――」

「そうさ、これは私が一世一代かけた渾身の作、〈幽霊図〉だ」

見られてしまったのでは仕方がないと、美男の絵師は総髪を掻き上げて微苦笑した。

「天下一の可憐な幽霊を描きたいと思ってさ」

静かに振り返って首打ち人が訊く。

「ここが貴方の本物の画室だったのですね？」

道理で、階下《した》は整然とし過ぎていたわけだ。

「ええ。こっちに籠った方が、精神が統一できるんでね」

夕斎は慣れた手つきで隅の行燈《あんどん》に火を灯した。浅右衛門は明るくなった室内の床から、散らばった紙片を拾い集める。どれもおフジの似顔だ。そんな浅右衛門を見つめ、それからまだ腰を抜かしたままの久馬に眼をやって夕斎は言った。

「今までに何枚も描いて――真髄は写し取ったから、もう本人は必要ありません。あとは思い通り、存分に描けばいい……一心不乱に、描き続けました」

息を継ぎ、とぎれとぎれに月岡夕斎は言った。

「だが、まさか当人――ホンモノのおフジ坊がいなくなってしまうとは……でも、私ではありません。私はここ数日、ずっとこの二階に籠っていたのですから」

それにしても、柳の下で揺蕩《たゆた》う、なんと儚《はかな》げで可憐な幽霊だろう。白い帷子《かたびら》は胡粉でぼやかされていて、白い肌が透けて見える。己《おのれ》の冷たい熱を確かめるようにそっと乳房の上に置かれた右手。肩に零れた髪が一筋、唇に掛かって……

画面の隅々まで魂が籠っている。そして、注ぎ込まれた確かな時間が形や色になって塗り込められていた。絵を前にして、首打ち人も同心も、絵師の言葉に嘘はないと確信したのだった。

「ったく。アレを見た時は本物かと思った！　あの真っ暗な方丈に麦湯屋の娘が押し込まれている——そう見紛うくらい生き写しだったぞ」

狭い塗籠《ぬりごめ》の二階から風の通る表へ出て、久馬は汗を拭った。言わずもがな、流れた汗のほとんどは冷汗である。

「そうか、久さんは幽霊図を見たことがなかったのか？　だったら肝を潰して当然だな」

そも、〈幽霊図〉は江戸中期以降、大いに人気を博した画題の一つだ。その火付け役は円山応挙《まるやまおうきょ》と言われている。

「応挙は京の絵師だからな。円山派の祖なんだが、とにかく応挙の幽霊は物凄いぞ」

「へえ！　いつもながら、浅さんはなんでも知ってるんだな」

目を丸くする久馬に、某家老宅で掛け軸に仕立てた応挙の幽霊図《ソレ》を見たことがある、と浅右衛門は明かした。

「あんな美しい幽霊はいない。そういう意味でゾッとしたな。夕斎さんのは、それと肩を並べる素晴らしい出来だよ」

「信じられねぇ！　幽霊が美しいなんて！」

ブルル、再度体を震わす久馬。そんな友に笑って、浅右衛門は説明を続ける。

「応挙の像主《ぞうしゅ》は病で亡くなった自分の女房だという」

だからか、応挙の幽霊図は恐怖より、恋しさ、会いたさが滲《にじ》み出ていた。死者を招いたのは絵師の側。それ故《ゆえ》、幽霊の顔には微塵《みじん》の恨みもない。消えないでくれ、何としてもこの世に留まれ、とばかりの若い応挙の思いが胸を突く。

「その絵の題名は〈お雪の幻〉。最近じゃ〈反魂香之図《はんごんこうのず》〉の名の方が通っているが……」

「そうなのか。でも、俺はやっぱり、足のねぇ女は苦手だな」

「その〝幽霊に足がない〟ってのを定着させたのが、まさに円山応挙なんだがな」

つい先ほど、自分がおっかないもののことは決して口にしないと言い、幽霊を美しいと言った、同じ歳の男を久馬は見つめた。その横顔には哀しみも怖れも見出せない。

いつか――

同心はそっと視線を逸らす。

いつか、もっと多くを語ってもらえる日が来るだろうか？

十二歳から、咎人《とがにん》の首を斬って来たこの男のことをもっと知りたいと、改めて強く願う久馬だった。

しかし、それは口に出さず、別のことを言う。

「……いずれにせよ、俺の推理は元の木阿弥《もくあみ》だな」

これで全ての糸は断ち切られた。麦湯屋の娘は、やはり掻き消えたのだ。月岡夕斎が描く柳下の幽霊よりもフッツリと。

「とりあえず、頭を冷やそうや」

木戸を抜けた通りの角に心太《ところてん》の屋台を見つけて、いつもとは反対に浅右衛門が久馬を引っ張って行った。

「茹卵《ゆでたまご》の御返しだ。今度は俺が奢《おご》るよ」

時刻は昼七つ（午後二時）を回っている。二人は並んで腰を下ろした。午後の日差しの下、心太を入れた箱に飾られた杉の葉が目に涼しい。

「それにしても、松兵衛親分が言った通りだぜ。やはり、怪異沙汰の謎を解くのは人間には無理ってことなんだろうか？」

キュッと絞り出した心太。それに酢醤油を掛けた藍染めの皿を受け取りながら、いかにも悔し気に久馬が言う。

「バケモンに、人間は太刀打ちできねぇのかねぇ」

「いや、そんなことはないだろう」

浅右衛門も皿を受け取って、こちらは芥子《からし》を落とす。

「妖怪のほとんどは人間が作り出したもんだと俺は思っている。そら、さっき言ったが——〝幽霊は足がない〟ってのも、元を辿れば一人の絵師が生み出したようにさ」

「ほう？　じゃ、浅さんは今度の件も、きちんと辿れば必ず謎は解けると言うんだな？」

「そうだな。糸口さえ見つけ出せば——」

「ありがたい！　あんたがそう言うなら——俺も俄然、元気が出て来たよ！　もういっぺん、イチから考え直してみるか！」

「心太とはお似合いですな。♪ほんに心が図太い御両人〜〜〜ときたもんだ」

突然響いた背後の声は……

振り返った久馬が妙な顔をして呟いた。

「ひ、ひ、ひょっとこ？」

違う。

久馬はゴクリと汁まで飲み干してから、ひょっとこ面の男に言った。

「なんでぇ、キノコか？　おまえさんも心太を馳走《ちそう》になりたいのかよ？」

「いいとも、座りなよ、思惟竹さん」

「某《それがし》、心太《ところてん》をお相伴給《しょうばんたま》わるのに吝《やぶさ》かではないが――」

また小難しい言葉をひねくり出しながら、キノコこと朽木思惟竹はニヤリと笑ってひょっとこの面を押し上げた。

「今回は、わっちは親父の使いでさあ。旦那方、どうやら、素っ裸の仏さんの身元が割れたようですぜ」

「……！」


〈十〉


久馬と浅右衛門は思惟竹に導かれて、楓川に近い番屋へ急いだ。

その途上で、久馬が訊いた。

「にしても、何だっておめぇは面なんかつけてるんだ？　今日は祭日でもなかろうに」

「これは目眩《めくら》ましさね、世間を欺《あざむ》く仮の姿。だって――」

キノコこと朽木思惟竹はポロリと本音を漏らす。

「未だ一冊も本の売れない戯作者《げさくしゃ》が、いい年して親父の使い走りをしてるなんて、コッ恥《ぱ》ずかしいじゃないですか」

「いや、面をつけたところでバレてるから！　あいつは〈曲木の松〉親分の息子、松茸ならぬ思惟竹だ、ってね。アハハハハ」

呵々《かか》笑う同心。

「面なんぞ、むしろ、目立っていけねぇや！」

久馬は隣を走る首打ち人に顔を向けた。

「何だよ、浅さん、走りながら、何をそうコ難しい顔してるんだ？」

何だろう？　この違和感。そう悩みつつ浅右衛門は首を傾げる。今さっき、何かが棘《とげ》のように心を引っ掻いたのだ。

久馬の遠慮がない言動はいつものことだ。とすれば、思惟竹の言葉か？　思惟竹は何を言った？

売れない戯作者……目眩まし……世間を欺く仮の姿……

先を走るその思惟竹、自分を茶化した同心を無視して、ひょっとこの面をまた被っている。

そうこうしている間に番屋に着いた。腰高障子の戸を勢い良く引き開けるや、久馬が叫ぶ。

「おう、松親分、この暑い盛りにご苦労だったな！　それで――仏は何処の若旦那だったんだ？」

「いえ、それが」

曲木の松、申し訳なさそうに小腰を屈めた。

「若旦那じゃございません。行商人でした」

「――」

こっちも大外れ！　楓川の縁で身包み剥がされ、全裸で刺殺された男の名を松兵衛が告げる。

「稲荷寿司売りで、佐吉という名だそうです」

「稲荷寿司売りの佐吉だって⁉」

久馬がまた大声を上げる。

肩から下げた木箱に稲荷寿司を入れて売って歩く稲荷寿司売り。その『おイナ～～リさん！』という独特の節回しは、江戸の人々の耳に沁みついている。だが、ここで久馬が驚いたのは、何より、その名前だった。

「おい、浅さん、今日、麦湯屋の屋台の前で会った茹卵《ゆでたまご》売りの兄弟がそんな名を言ってなかったか？」

「うむ。同じ名だ。松兵衛親分、仏さんは確かに佐吉という稲荷寿司売りなのかい？」

「へい。三日前、家を出たきり帰って来ないと心配していた女房が楓川の死体の件を耳にして、もしや、とやって来たんでさ。こちらです」

土間に膝をつき、両袖で顔を覆って啜《すす》り泣いている年若い女房に、久馬は尋ねた。

「おかみさん、つらかろうな。こんな時に酷なことと思うが、どうしてご亭主だとわかったね？」

「首の付け根の黒子《ホクロ》です」

「え？」

「腕枕すると、チョウド私の睫毛の先に見える。あの人の黒子、まちがえっこありませんのさ」

幸い、その部分は皮膚が崩れずに残っていて、確かめることができた。

「ありがとよ。さあ、親分、仏さんはすぐ返してやってくれ。おかみさんも早く弔いをしたかろう」

「同心様《だんなさま》、うちの連れ合いは誰にこんな目に遭わされたんでございますか？」

稲荷寿司売りの女房が縋《すが》りつく。いきなりだったので久馬はよろけた。

「毎日毎日、そりゃあもう一生懸命、真面目に働いてきたのに？　何処の誰が、何の恨みで？」

「これ、お袖《そで》さん、同心様にそんな文句を言っても――」

「文句じゃございません！　お願いしてるんですのさ！　だって、私にはどうすることもできませんから。どうかどうか、こんなひどい真似をした悪党を捕まえておくんなさい！　そのお腰のご十手《じって》とご立派な御刀で、とっちめてやってくださいよぅ！」

「さあ、帰ろう、お袖さん。佐吉を連れて戻ろうな？」

大家だろうか？　付き添って来た年配の者が宥めて、久馬から女房を引き剥がしてくれた。番屋の奥座敷に集まった町役人や定番《じょうばん》の老爺、薬缶《やかん》から渋茶をがぶ飲みしていた思惟竹までも、皆、無言で目を伏せている。

水を打ったような静けさの中で、大家は再度、深々と頭を下げた。

「ご無礼をお許しください同心様。何分、夫婦《めおと》になったばかりでねぇ。それで佐吉も張り切って、この暑い最中も休まず毎日、それこそ――江戸中巡って稲荷寿司を売り歩いていたんでございます」

「構わねえょ」

乱れた襟を直しながら、久馬は言った。

「おかみさんの言葉は至極尤《もっと》もだ。一日も早く、大切なご亭主を殺めた不埒な下手人をお縄にするさ！」

そうとも。この十手も差料も、錺《かざ》りじゃないのだから。


浅右衛門と久馬の二人は番屋を後にして、楓川沿いを歩き出す。

麦湯屋の件も行き詰まった。せめて身元がわかった素っ裸の仏、稲荷寿司売りの佐吉の見つかった現場を改めて見てみようというわけだ。

何かしていないとやるせなかったせいもある。既に時刻は申《さる》の刻《こく》（午後五時頃）。今日一日、それなりに頑張ったつもりが、今に至るも何の手証もない。虚しさが胸に沁み渡った。楓川の川縁も、夏草が風に揺れているばかり。

その後、何処をどう歩いたものか、気づくと日本橋の通りに戻っていた。

「あーあ、また安請け合いして、と思ったろ、浅さん？」

ふいに、久馬が呟いた。

「まあ、俺も頼まれたら嫌と言えない性分だから、久さんの気持ちはよくわかるよ」

「へえ！　こりゃ、初耳だ！　天下の七代目・山田浅右衛門に頼み事をする豪気な奴がいるとはな！」

（おまえじゃないか。ヤレヤレ、これだよ。慰めようとしたのに……）

苦笑する浅右衛門の横で久馬、今度は傍目《はため》にもわかるほどがっくりと肩を落とした。

「とはいえ、浅さんの言う通りだ。これでつくづくわかったよ。俺は剣術の腕《やっとう》だけじゃなく、推理の才もないようだ。働き者の亭主を殺した下手人もお縄にできず、麦湯屋の看板娘の居所も見つけ出せない。最低最悪、ゴクつぶしの定廻《じょうまわ》り同心とは俺のことさ」

「――――」

出会った頃は、こいつ、俺を用心棒代わりにしようとしているのでは？　と疑ったものだが……最近ではすっかり守《も》り役の気分である。しょげかえる友人に、今度はどう言葉を掛けるべきか、浅右衛門が思案していた矢先――

「その節はお世話様でした」

ある大店《おおだな》の店先で、愛想良く挨拶を受けた。

「……？」

何処かで見た顔、と浅右衛門は訝《いぶか》しんだが、背後の大きな看板で思い当たった。

「ああ、そうか、今朝がたの番頭さんか……」

河原の屍骸《しがい》は自分ちの若旦那ではと、大挙してやって来て首検《くびあらた》めをした番頭たちの一人だ。

項垂《うなだ》れていた久馬も顔を上げた。

「薬種問屋〈紀州屋〉……ほう、ここが？　番頭さんの店か？」

流石、日本橋の大通りに店を構えるだけあって、堂々たる造りである。

高く掲げた棟の屋根瓦が真夏の陽差しに照り輝いていた。濃紺の暖簾《のれん》を連ねた広い間口。その店先にズラリと並んだ鉢植えがまた豪奢だ。それに小僧が水をやるのを、番頭がいちいち細かく指図していたところだったらしい。

「こりゃあ、見事な朝顔だ！」

店先を眺めていた久馬が感嘆の声を上げて振り返る。

「見ねえ、浅さん。江戸一の鑑定家《めきき》のあんたなら、花の良さもわかるだろう？」

「！」

「お褒めいただき光栄です。若旦那が育てたんでございますよ」

「そりゃまた風流。で、その風流な若旦那はあの後、無事にお帰りかい？」

冷やかし気味に久馬は笑った。

「いえ、それがまだなんで」

番頭もにこやかに笑い返し、上品に袖口を押さえて手を振ると、言葉を続ける。

心様」

「尤《もっと》も、ウチの若旦那は他所《よそ》の若旦那とは違います。誤解なさらないでください、同

そして、得意げに胸を張った。

「ウチの栄太郎様は品行方正の学問好き。本宅へ戻って来ないのも、遊里に連泊《いつづけ》というのではございません。居続けてるのは当店の寮でして。たまには帰って来ますが、またすぐ戻ってしまう。それというのも、寮でご覧の通りの――この見事な花や薬草を育てていらっしゃるんです。草花の栽培、それ以外の趣味といえば浮世絵の収集でして、こちらの方もお江戸で一、二位を争うかと。本当に若旦那は美しいものが大好きでいらっしゃる」

番頭の自慢は止まらない。

「お小さい頃から蔵に籠って、先代、先々代が買い集めた浮世絵集や古い薬草の本、植物図録をそりゃもう熱心に読み耽っておられましたからねぇ」

「そいつぁ高雅な趣味だ。浮世絵や本や花なら安心じゃないか。花魁《おいらん》に貢いで店を傾ける心配がなくて、紀州屋さんも良い跡取りを持ったものだぜ」

「ありがとうございます」

「そういやぁ、思い出した。なぁ、浅さん、文字梅が言ってなかったか？　俺たちに

見せてくれたおフジの浮世絵……人気沸騰で、今じゃ入手困難な夕斎のそれを分けてくれたのが、確か、紀州屋の若旦那だったと」

「ああ、常磐津《ときわず》の文字梅師匠！」

番頭も手を打ち鳴らす。

「覚えておりますとも！　あの日はたまたま若旦那がこっちへ戻っていた時で、その後、またそそくさと寮に帰ってしまわれたんですがね。私も驚きましたよ。あの若旦那がお気に入りの浮世絵を譲るなんて。ありゃあ、頼んだのがお師匠だからこそ、と店中の者が口々に言い合った次第で。いやぁ、お師匠自身が浮世絵みたくお綺麗で、目の保養をさせていただきました」

「……番頭さん」

ジーッと花を見つめていた浅右衛門が、いきなり訊いた。

「その若旦那——栄太郎さんが居続けている寮は何処にある？」

「はい？　根岸でございますが？」

これは驚くことでも何でもない。日本橋の大店《おおだな》なら皆、根岸か花川戸《はなかわど》辺りに寮を持っている。更に踏み込んで浅右衛門は訊いた。

「その根岸の寮には何人くらい人がいるんだい？」

「若旦那お一人です。以前は住み込みの老夫婦を置いていたのですが、二人とも亡くなって、以来、一人の方が気楽だと言って寮では若旦那だけでお過ごしです。栄太郎様は何でもご自分でできますし、我儘も言わない、本当に良くできた若旦那なんですよ」

番頭の自慢をよそに浅右衛門は呻いた。

「なんてこった！　そうだったのか！」

「え？　浅さん？　なんだい？」

浅右衛門は身を翻《ひるがえ》して同心の黒羽織を掴んだ。

「行こう、久さん！　もう間に合わないかもしれないが――」

折しも本石町の〈時の鐘〉が、捨て鐘三つ置いて六つ打った。

刻《とき》、まさに暮れ六つ（午後六時）だ。

「な、な、な？」

「道々話すよ、時間がない！　番頭さん、寮は、根岸の何処らへんだね？」

「はい、お待ちを。地図をお書きします」

親切な番頭が地図を記す間ももどかしく、浅右衛門は歯を食いしばる。

（しまった！　俺としたことが……！　何故、気づかなかった？）

この花……根岸……浮世絵の収集……そして、そう、面！

キノコが被っていたひょっとこじゃなくて……狐だ！

これで全部揃った！　解けたぞっ！


〈十二〉


「消えた麦湯屋の娘、おフジは、薬種問屋〈紀州屋〉の根岸の寮にいる……！」

走り出しながら山田浅右衛門は言った。目指すは横丁の駕籠《かご》屋である。遅れまいと後に続き、久馬が叫ぶ。

「意味がわからねぇ！」

「キノコ、いやさ、朽木思惟竹さんの教えてくれた童歌《わざうた》が、とっくに下手人を告げていたのだ……！」

いや、それだけじゃない。浅右衛門は首を振った。

「今回、思惟竹さんは良い働きをしてくれた。もう一つの手証を与えてくれたのも思惟竹さんだ」

「へっ？」

「まずは順を追って絵解きをしよう」

　足を止め、浅右衛門は久馬に向き直った。

「いいかい、久さん。稲荷寿司売りが素っ裸で殺されたのは、豪華な衣装目当ての追《おい》剥《は》ぎの仕業じゃない。下手人は稲荷寿司売りの装束が欲しかったのだ！」

　そも、麦湯屋の看板娘が真っ昼間、人通りの多い往来で煙の如く消え失せた謎解きはこうだ。

「おフジは掻き消えたわけじゃない。下手人に連れ去られたのよ。しかも、自分で歩いて店を後にした――」

「自分で歩いた？　あの賑やかな、人通りの多い神田の通りを？」

　目を剥く久馬。

「おいおい、浅さん、担ぐのはよしてくれ。当日、娘の姿を目撃した人間は一人もいなかったんだぜ。まさか娘は、着ると姿が見えなくなるというあの〈天狗の隠れ蓑《みの》〉でも着せられたのかい？」

「近いな。天狗ではなくて狐だが」

「あ！」

ここで漸《ようや》く、久馬が気づいて声を上げた。

「稲荷寿司売り！」

「そうさ、久さん、わかったようだな」

お江戸の行商人、担ぎの物売りであるぼてふりは装束に、大いに工夫を凝らした。できるだけ人目につくよう衣装の派手さを競ったのである。

一番有名なのは〈唐辛子売り〉だろうか？　真っ赤な衣装、真っ赤な頭巾。しかも、これだけでは満足せずに背中に張り子の唐辛子を背負っている！

飴売り、薬売りも異様な姿が多かった。〈狐の飴売り〉は、今で言う狐のキグルミを着て、飴を買うと狐踊りをしてくれたそうだ。〈ホニホロ飴売り〉も凄い。三角帽子に唐人服、その上に紙製の馬を作り、すっぽり乗っていた。歩くのは自分の二本の足だから、偽物の馬の足がユラユラ揺れるのもご愛敬である。

そんな物売りの中で〈稲荷寿司売り〉はそこまで奇天烈《きてれつ》ではないが、程よく独特ではあった。小旗で飾った木箱を下げて、頭巾、または手拭で頬被りをし、狐の面を被る……

「下手人は、一人きりでいたおフジを葭簀《よしず》の後ろに連れ込み、稲荷寿司売りの衣装を纏わせ、面をつけさせた。そして、手を引いて往来を堂々と闊歩《かっぽ》したのよ」

江戸っ子は誰も気にもかけなかった。普段から見慣れている〈稲荷寿司売り〉の独特の装束が却《かえ》って目眩《めくらま》しになって〝見えているのに見えなかった〟。〝見えなくした〟……

これが浮世絵にも描かれた可愛い看板娘そのままの姿なら、目に留めた者がたくさんいたに違いない。だから、久馬が口にした〈天狗の隠れ蓑〉は、ある意味言い得て妙である。

「ううむ、それなら」

久馬は唸った。

「稲荷寿司売りの佐吉が、身包み剥がされて殺された理由もわかるというものだ。下手人はハナから奇抜な行商の衣装が入り用だったのか！」

「ああ。特に顔を隠せる〝面〟付きの装束がな」

頷いた後で、久馬は首を傾げる。

「だが、待てよ、おフジは抵抗しなかったのか？　行商の衣装を着せられ狐の面までつけさせられて天下の通りを歩かされる——そりゃ、匕首《あいくち》なんぞで脅されたんだろうが、叫び声の一つも上げないものかね？　手を振り切って逃げ出すとか？　周りにたくさんの人がいるんだから、助けを求めなかったとは奇妙《けぶ》だ。どうにかして逃げられたんじゃないのか？」

「正気ならな」

「何？」

「おフジは意識がほとんどなかった。朦朧《もうろう》として、半分寝たような状態だったのさ」

「見て来たみたいなことを言うじゃねぇか」

「見たさ。尤《もっと》も、娘をそんな風にさせた薬の方だが」

一度息を吸って、吐き出してから、浅右衛門は口にした。

「さっき〈紀州屋〉の店先に並んでいた花」

「ああ、あの朝顔か？」

「ありゃあ、朝顔じゃない。曼陀羅毛《マンダラゲ》、またはキチガイナスビとも言う……」

一見、朝顔にしか思えない見た目をしている。だが決定的な違いがある、と浅右衛門は言った。

「あの花の花弁《はなびら》の先をよく見てみねえ。どれも角《つの》が生えているから。咲き始めの蕾なんかは、ニュッと突き出て、鬼の角そのものだ」

「ゲ！」

♪根岸の里の鬼屋敷　怖いぞぅ
　屋敷に入ると鬼になる
　朝毎に、角《つの》が生えた鬼が　ゆーらゆーら
　根岸の鬼屋敷　怖いぞぅ　そこへ入ると角が出る……

「そうさ、梅雨明けから流行《はや》り出したというあの童歌《わざうた》は、このことを歌っていたんだ。子供は目聡《めざと》い。きっと、その屋敷に咲く奇妙な朝顔に角が生えているのに気づいて、面白がって歌ったのが口伝えに広がったんじゃないだろうか？」

　浅右衛門は目を瞬《しばたた》いた。

「曼陀羅毛《マンダラケ》はおっかない花だ。人の意識を無くし、刹那に眠らせることができる。この花で医師の華岡青洲《はなおかせいしゅう》は麻酔薬〈通仙散〉を作ったというぜ。それを飲ませると身体を切り開いても、その間、当人は何の痛みも感じないそうだ」

　自分が思うに、と浅右衛門は低い声で続ける。

「その日、栄太郎はおフジが一人でいるのを確認して、まず麦湯屋の客として屋台店に座った。そして一緒に飲もうなどと誘って、娘にも麦湯を飲ませる」

　久馬が後を引き取った。

「その麦湯の中に、眠り薬《マンダラゲ》を入れた――」

「薬種問屋の若旦那ならばこそ、〈鬼の種〉を入手できたんだろうな」

曼陀羅毛は毒であると同時に、薬としても使用される。中国の〈本草綱目《ほんぞうこうもく》〉や我が国の〈草木図説《そうもくずせつ》〉にもその効用が書かれていた。

「しかも、番頭さん曰く、栄太郎が子供の時から家に伝わる薬草や植物図録に親しんでいたとくりゃあ、眠り込まない程度……夢現《ゆめうつつ》にして連れ歩く分量を熟知していても不思議ではない」

曼陀羅毛、キチガイナスビ、またはチョウセンアサガオ……

ラテン名、ダチュラ……

いずれにせよ東西を問わず、人の心をザワつかせる花の形状《すがた》ではないか！

♪根岸の里の鬼屋敷　怖いぞぅ
　朝毎に、角が生えた鬼が　ゆーらゆーら……
ゆーらゆーら……

駕籠屋に着くや、二人は早駕籠《はやかご》を仕立てた。

江戸時代、早駕籠は時速六キロだったそうだ。この数字は忠臣蔵で名高い浅野《あさの》内匠頭《たくみのかみ》の殿中刃傷を伝える使者が、早駕籠で江戸から赤穂《あこう》まで四日半で移動した記録から割り出している。

かくして至った根岸の里。

日本橋で聞いた時の鐘が、ここ根岸では夜五つ（午後八時）を告げた。

番頭からもらった地図——根岸はほとんどが田圃だから、寺社が目印だ。要伝寺《ようでんじ》から更に北、千住院、子育地蔵を抜けて西蔵院の裏へ廻る。

見えた！　薬種問屋〈紀州屋〉の寮だ。藁葺き屋根に竹の門、ぐるりと巡らした竹の生垣。絵から抜け出たような瀟洒《しょうしゃ》な、茶人好みの建物である。

「見ろよ、久さん！」

「むむむ」

横の柴折戸《しおりど》から入ると、広い庭いっぱいに白い花が揺れていた。

そのどれにも角《つの》がある。

童歌《わざうた》そのものだ。この不気味な花園を見て、悪戯《いたずら》っ子たちは騒いだのだ。

「こりゃ、歌いたくもなるわな」

「おい、この匂い――」

久馬が顔を顰《しか》めたのは、花から漂う甘い匂いのためではない。

「いけねぇ！　やはり、遅かったか！」

それは、最も嗅ぎたくなかった匂い。

朝の楓川の土手、そして昼下がりの番屋に満ちていた死の匂いだ。

朽ちた肉と乾いた血……

「おフジちゃん⁉」

角のある白い花が揺れる先、鍵の手に突き出た平屋の座敷が見える。

縁側の障子が、一枚だけ開いていた。二人は庭から駆け上って土足のまま踏み込んだ。

「う」

「あっ」

絶句。

町奉行配下の定廻《じょうまわ》り同心と首打ち人が目にしたのは……

〈十二〉


黒沼久馬と山田浅右衛門が目にしたのは、この世のものとは思えない凄惨な光景だった。

腐敗した血肉の匂いが十二畳の座敷に充満している。

だが、屍骸《しがい》は娘のものではなかった。

おフジは部屋の隅、薄い夏蒲団の上に横たわっていた。可哀想に、両手両足を括《くく》られている。とはいえ、死んではいない。胸元が規則正しく上下していた。

「眠ってる？」

「では、こっちの屍骸は？」

布団の前、倒れている一人。

久馬も浅右衛門も、すぐにはその人物を特定できなかった。何故なら――このことが最も二人を困惑させたのだが、屍骸の上にいくつも庭灯篭が載っていたのだ。

それだけではない。他にも大小の石礫《いしつぶて》が遺骸をびっしりと覆い尽くしていた。

辛うじて見えるのは、男の足先と妙に伸びた右手の人差し指ぐらいだ。

どうやらこの死骸の主《ぬし》――薬種問屋〈紀州屋〉の若旦那、栄太郎は、これら石塊に押し潰されて絶命したようだ。

とっさに浅右衛門は天井を振り仰いだ。

「こりゃ、昨夜か一昨日《おととい》の晩、ここら一帯に嵐でもあったかな？」

幸い天井は破れていなかった。

「嵐でないとしたら――突風、旋風《つむじかぜ》？」

改めて、開いていた障子へ視線を戻す。久馬も首を捻って呟いた。

「天井を突き破ってねぇんだから、違うよな。じゃあ、あそこからブッ飛んできたか？」

いずれにせよ、物凄い。

握った拳を口に押し当てて、久馬は喘《あえ》いだ。

「天の力ってやつは凄まじいな！　だが、おかげで大切な命は守られた。石灯篭が栄太郎に直撃してくれなかったら、今頃おフジは……」

娘の身に降りかかったであろう運命を思って、久馬はぶるっと胴震いをした。

「ここは素直に天災へ感謝するぜ！」

「良かったな、久さん。これで別嬪《べっぴん》の姉さんにいい報告ができるぞ」

同心の肩を叩きつつ、浅右衛門は身を捩った。障子の方を振り返らずにはいられなかったのだ。

ポッカリと切り取られた四角い空間から、無数の曼陀羅毛《マンダラゲ》がこちらを覗いている。燃え始めた遅い夏の夕陽を浴びて、花たちはいよいよ白くさざめいていた。

あの小さな鬼たち以外に――

声には出さず、胸の内で浅右衛門は呟いた。

この屋敷の中に、他に誰かいるのか？

むろん、誰もいない。

いるはずがない。


後で行われた正式な検視の結果わかった、諸々のこと。

隣室の八畳間からは山積みになった植物や薬草薬種などの書籍、曼陀羅毛の根を浸した皿などとともに、何十枚ものおフジの浮世絵が発見された。浮世絵の収集家でもあった若旦那・栄太郎は、夕斎の描いた麦湯屋の娘に心奪われたのだ。だが、他の若者と同じように足繁く屋台店へ通いはしなかった。そうする代わりに、ひたすら歪《いびつ》な恋の調合に身を費やしたのである。栄太郎が直接足を運んで両国橋の西詰にある屋台を訪れた日こそ、フジに曼陀羅毛を与えて連れ去ったその日だった。そして、それが最初で最後となった――

後日、意識を回復したおフジが語った証言は、山田浅右衛門の推察とことごとく一致した。

おフジ曰く。

やって来た若旦那と一緒に麦湯を飲んだまでは覚えているが、その後のことは曖昧模糊としている。ただ、幾度か覚醒して、自分が縛られていることは知った。最後に目が醒めた時は夜で、開け放たれた縁側の障子から射し込む月の光が明るかった。と、そこから鬼が入って来た。あれは紛れもない、鬼だった。真っ裸の体は赤く照り輝いていて、尖った太い角《つの》、爛々《らんらん》と光る両の目がとても恐ろしかった。思わず姉さんの名を呼んだ。だが、ダメだ。鬼がどんどん近づいてくる。そうして、鬼が伸ばした指が頬に触れた――

暗転。

周囲が闇に塗り潰される。

そして、気がついたら――

「お武家様と巻羽織《まきばおり》の同心様のお優しい顔が、鬼に取って代わっていたんです。さながら……」

　娘は輝くばかりの微笑を零した。

「浅草寺の縁日で見る、ほら、アレ……一瞬で舞台が変わる〈のぞき眼鏡〉のようでございました！」

『先《せん》さま、お代わり！』

　おフジの言った〈のぞき眼鏡〉とは、幻灯機の一種で、明治の頃まで祭りの縁日や寺社の境内で見ることができた。女子供にめっぽう人気で、いつも長い列ができる。だから、一回分見終わった人に、順番を変わるよう促す際の決まり文句、掛け声がこれだった。

「先さま、お代わり！　これにて終了！」

　今宵、深川は菊川町の小粋な仕舞屋《しもたや》に朗々と響き渡る声。

　声の主《ぬし》は朽木思惟竹だ。皆が大汗をかいた件《くだん》の騒動から数日後のことである。

「というわけで……酒も料理もどんどん持ってきてくんねえ、姉貴！」

「調子に乗るんじゃないよ、竹。今日はあんたが今回の謎解きの一番の立役者だって、山田様がお褒めになるから、仕方なく招いたんだ」

クルリと身を翻《ひるがえ》して、文字梅師匠は艶《あで》やかに微笑んだ。

「さぁさ、黒沼様、山田様、たんと召し上がっておくんなさい。今日の料理は全部、おキクさんが妹を無事取り戻してくださったお礼に、お二人に食べていただきたいと届けてくれた新鮮な野菜で作ったんですから」

「うむ、道理で、うめぇや！」

「竹！　あんたは、少しは遠慮をおし！」

弟を叱った後で文字梅は溜息を吐いた。粋な子持ち縞の袂《たもと》を揉み絞って……

「ほんとに、いつになったらマトモになるのかねぇ。この竹がお父っつぁんの後をきっちりと継いでくれたら、あたしゃあ、もう言うことはないのに」

その弟、こちらは業平菱《なりひらびし》の袖を振って言い返す。

「てやんでぃ、俺のことより自分の心配をしやがれ。大年増の上に気が強いときちゃあ、このお江戸中、だあれもお嫁にもらってくんねぇぜ」

「おだまり！」

途端、団扇《うちわ》でピシャリと叩かれた。

「ひぇえ、ここにも鬼がいた！　♪深川の鬼屋敷怖いぞぅ～～お師匠はすぐに角《つの》が出る～～～……旦那方、どっちでもいいや、早くこの鬼に角隠しを被せてやっておくんなせえ」

「まだお言いかい、この！　この！」

「まあまあ……」

「ほっとけ、浅さん、いつものことだぁな」

仲良く取っ組み合う文字梅、竹太郎を遠巻きにして、手酌で飲み始める二人だった。

姉弟のこの成り行きを予測したのか、実父〈曲木の松〉親分は『今日はどうしても抜けられねえ富士講の集まりがありやして。はい、ごめんなさいよ』なんぞと言って、さっさと逃げてしまった。

「それにしても、今回もお見事、浅さん！　俺ぁ、ホントに、兜を脱ぐよ」

久馬、深々と頭を下げてから続けた。

「さしものバケモン話も、浅さんに掛かってはイチコロだな。首打ち同様、快刀乱麻の解答だ」

「上手い！　もしや旦那も、今流行の洒落道場に通ってんですかい？」

ホウホウの体《てい》で姉から逃げて来たキノコこと竹太郎が、真顔で問う。習い事の隆盛した江戸の町には、実際、駄洒落《ダジャレ》を教える教室もあったのである。

「いやですよう。習うなら私の常磐津《ときわず》でしょう？　ね？　黒沼の旦那」

膳の前に戻った姉弟に微苦笑してから、浅右衛門は友に視線を戻した。

「それはともかく――いやな、久さん」

神妙な顔つきで首打ち人は言う。

「今回ばかりは、松兵衛親分の言葉通りだと私は思い知ったよ。やはり、怪異沙汰には人間が手を出すべきじゃあない」

「なぁに言ってやがる！　あんなに鮮やかに謎を解いておいてよ」

久馬は豪快な笑い声を上げた。

「この世に怪異なんてものはねえよ。全て知恵でスッパリとカタがつくのだ。言ってやろうか？」

上機嫌で胸元を寛がせると、久馬が声を張り上げる。

「一つ、悪童たちが囃《はや》し立てた鬼は、角の生えた花、曼陀羅毛《マンダラゲ》のことだった！　一つ、白昼、衆人環視の中で掻き消えた娘は、奇抜な行商の装束で目を欺《あざむ》いたのである！」

「いや、実は……一番大きな謎が残っている」

浅右衛門が静かに首を横に振る。

「若旦那の栄太郎を押し潰した庭灯篭と、遺骸を覆い隠していた石礫《いしつぶて》の謎さ。あれらは何処から来た？」

「そりゃ、突風、旋風《つむじかぜ》に吹き飛ばされたんだろ」

「久さん」

浅右衛門の地に染み入るような声。

「鑑定家《めきき》などという生業《なりわい》をしているとな、何でもキチンと答えを出さないと気が済まなくなる。真贋を見極めないと落ち着かないのよ」

それはこの男のもう一つの家業、微塵《みじん》の迷いも残さず土壇場《どたんば》で咎人《とがにん》の首を落とす——その在り方にこそ通じるのかもしれない。

「俺はね、根岸の寮のあの状況がどうしても呑み込めなくて、色々と推察してみたのさ」

開いていた障子……さながらあの座敷にだけ嵐が吹き荒れたかのような痕跡……

他に誰か潜んでいたのではないのか？　その誰かが、若旦那を殺し、痕跡をわからなくするべく石灯篭を運んだのでは？　だが、そうだとすれば、一人では済まない。あの重い石の塊を運ぶには数人いる……

「様々に考えを巡らせても結局、その堂々巡りだった」

冗談か本気かわからない顔つきで、首打ち人は続ける。

「いずれにせよ、あの花たちは見ていたはずなのだ。花たちに口がきけたらなぁとさえ思ったよ……」

「ええい、もどかしい！　この期に及んで、一体何が言いたいんだ、浅さんよ？　あんたまで、あの鬼の花の毒気に当てられたんじゃないだろうな？」

「俺は正気だよ。だからこそ、ちゃんと調べて、そして行きついたのがこれだ」

浅右衛門は持参した風呂敷包みから数冊、書物を取り出した。それらを並べながら説明を始める。

「久さん、この、寛政十一年（一七九九）に書かれた根岸鎮衛《ねぎしすずもり》の随筆〈耳袋《みみふくろ》〉にこんな話がある……」

とある幕吏が池袋から来た女中と恋仲になったところ、行燈《あんどん》や茶碗、臼《うす》などが飛ぶ奇怪な現象に見舞われた。悩んだ末、その女中に暇《いとま》を出したら、ピタリと怪異は収まった。

「また他にも、こっち、文化文政時代の地誌〈遊歴雑記《ゆうれきざっき》〉には……」

文政三年（一八二〇）三月、小日向《こひなた》の与力が池袋出身の女中を雇ってこれを寵愛するようになった。すると、屋根や雨戸に石が打ちつけられる不可思議な出来事が頻発。深夜になっても、飛来する石の音はやまない。朝見ると確かに雨戸が数カ所破れている。修験者に祈祷を頼んだが、今度は皿、鉢、膳、椀などが飛び交う。火のついた薪《たきぎ》が飛来して座敷に火をつけるに至って、修験者も逃げ出す始末。その後も怪異は続いたが、ある者の助言により女中に暇《いとま》を申し渡すと、怪異はやんだ。

「更に、天保時代の雑書……これだ、〈古今雑談思出草紙《ここんざつだんおもいでぞうし》〉にも類似の記録があった。要するに、ある地域の女を雇うと怪異に遭うというのだ。わかりやすく言えば、その地域の女は癇が強くて、恐怖や怒りの感情が高ぶった時、モノを引き寄せる妖力がある……？」

暫《しば》しの間。

「ところでお師匠さん、貴女のお弟子、麦湯屋の娘の姉さん、キクさんと最初に会った時、俺はチラと耳にしたんだが、今一度確認させてくれ。あの姉妹の出身は何処だった？」

文字梅と久馬、顔を見合わせ、仲良く叫んだ。

「――池袋村！」

「姉さんのキクさんが奉公先をやめなければならなくなった、その理由も確か、頻繁に石礫《いしつぶて》が飛んでくるせいだと言っていたよな？」

「……そういやあ、こんな川柳があったたな」

シンと静まり返った座敷の沈黙を破ったのは、一応戯作者《げさくしゃ》見習いで書物に親しんでいる朽木思惟竹こと竹太郎だった。

「『仁和寺の　騒ぎのような　池袋』……」

縁側に置いた土焼きの豚から蚊やりの煙がモウモウと立ち上って、明るい夏の月を曇らせた。

今度こそ、正真正銘。

先《せん》さま、お代わり！

紫

〈一〉


小伝馬町の牢屋敷。

天保七年（一八三六）、五月のその日、咎人《とがにん》の首を打って出て来た浅右衛門を仄暗い榎の木の下で待っていたのは、黒沼久馬ではなかった。

「――思惟竹さん？　どうかしたのかい？」

江戸の通俗小説家、戯作者《げさくしゃ》を志《こころざ》して修業中の朽木思惟竹は丁寧に挨拶した後で、顔を上げ、低い声で訊く。

「山田様、昨夜、日本橋の〈樋口屋《ひぐち》〉であった騒動をご存知ですか？」

「本町《ほんちょう》にある料亭〈樋口屋〉かい？　ああ、そういえば、この泰平のご時世に御上に弓を引く〈不善《ふぜん》の一党〉が一網打尽に成敗された……そのくらいは聞いているが」

ここまで言って、浅右衛門はハッと息を呑む。

「まさか、久さんが出張《でば》っていた？　それで、怪我でもしたのかい？」

思惟竹は即座に首を横に振った。

「怪我はしていませんが――牢にブチ込まれやした」

「え」

とっさに、今出て来た方角を振り返る浅右衛門。思惟竹も首を伸ばして獄舎の陰鬱な玄関を見やった。

「そうなんでさ。今、まさにこゝゝゝゝの牢屋敷の中においでなんでさぁ。黒沼の旦那が」

「――」

絶句。

「それで、親父に泣きつかれましてね。山田様に頼んで、何としても黒沼様を救い出してほしいと」

「ちょ……ちょっと待ってくれ」

浅右衛門の顔に、常には見せない困惑の色が広がった。

「まずは経緯《いきさつ》を詳しく話してくれないか？」

卍

昨日、夜半、日本橋は本町の料亭〈樋口屋〉で捕り物騒ぎがあった——

兼ねてから御公儀に不穏な動きをしている一党があり、幕府方でも動向を内偵していた。その一味が謀議を巡らしている現場を、満を持して隠密廻《おんみつまわ》りの与力以下、数十名が急襲したのである。

室内にいた者は計八名。激しく応戦するも勝機無しと悟り、全員、自刃して果てた。

だが、一人、その場から逃げた者がいた。

急襲のわずかに前、料亭の裏庭から滑り出た影が一つ。姿形《すがたかたち》から見て女だった。

すぐに気づいて後を追った数名がもう少しで追いつくという、まさにその時、これを庇って立ち塞がった人物こそ、同業、町奉行所配下の定廻《じょうまわ》り同心、黒沼久馬だった……！

卍

「黒沼の旦那は、女を後ろへ逃がすや、追おうとした数人に向かって――」

思惟竹の説明に、思わず身を乗り出す浅右衛門。

「刀を抜いたのか？」

間髪容れずに思惟竹が答える。

「いいえ、刀は抜いちゃいません」

「そりゃ、良かった！」

山田浅右衛門は大息を吐いた。

友のヘッポコナマクラ剣の腕前は重々承知である。あの腕で斬り結んだら、ただでは済まない。命がなかったろう。

気を取り直して思い出す。

「そういゃあ最初に〝怪我はない〟と言っていたものな……ふぅ」

「さいです。黒沼の旦那は、刀は抜かず、体当たりしたそうで。追手にも刀を抜く暇を与えず頭から突っ込んで薙《な》ぎ倒した。その間に女は逃げ去り、黒沼の旦那は続いてやって来た追捕の第二陣に取り押さえられたと、こうでさぁ」

当然、女――〈不善の一党〉の仲間と見做《みな》され、その場で捕縛されて牢に入れられたわけである……

「思惟竹さん、この際だから聞くが、その〈不善の一党〉とは、どういう連中なんだね？　まずはそれを詳しく教えてくれないか？」

「そこなんですよ」
戯作者見習《げさくしゃ》いは口をへの字に曲げた。

「実はこの一団の正体が全くわからないんだそうで。かなり前から江戸市中でコソコソ動き回っているのを隠密廻りの旦那方が嗅ぎつけて内偵を続けていたらしいんだが、容易に正体を現さない。生粋の江戸者ではなく地方から入ってきた集団のようで、盗賊、押し込みなど金品狙いのハグレ者でもない。どうやらジュゲム思想にカブレてる——わかったのはそのくらいで」
思惟竹は鯔背《いなせ》な本多髷《ほんだまげ》の頭を掻いた。

「山田様ならご理解できやしょう？　この寿限無寿限無五劫《じゅげむじゅげむごこう》の擦り切れ連中、正直、あっしは何のことかわからない。親父の言葉をまんまお伝えしてるんでさ。あっしなら伏姫の命を受けた犬コロの集団だ、って方がまだわかり易いってもんだ」

「ジュゲムじゃない。それは多分、儒家思想のことだよ、思惟竹さん」

「へえ？　とにかくそのジュゲムどもは頭が切れる連中で、中々尻尾を掴ませない。それで密会情報を得たのを幸いに、もう探るより取っ捕まえようと一気に踏み込んだというわけでさあ」

　そこまでは良かったが、と思惟竹は首を振る。

「潔《いさぎよ》くも全員見事に自刃してしまった。一人くらい生きたまま捕縛して、拷問で口を割らせる計画がお釈迦《シャカ》でさ。その上、裏庭から逃げた仲間らしき女の追跡も、なんと奉行所配下の同心が邪魔をして失敗したときたもんだ。さっきも言った通り、黒沼の旦那は〈不善の一党〉の仲間――内通者ではないかとも疑われ始めておりやす」

「馬鹿な！」

　浅右衛門は叫んだ。

「あの久さんが、そんな小難しい思想集団と誼《よしみ》を通じているはずはないっ」

「へえ。親父もそう言っておりやす」

　ここで思惟竹、心底悲しそうな顔で笑った。

「黒沼の旦那は、単に何もわからないまま、情け心で追われてる女を逃がしてやったんだろうな」

　が、重大な過失であることに違いはない。

　十手《じって》を預かる定廻《じょうまわ》り同心・黒沼久馬は取り返しのつかない真似をしてしまったのだ。

「こうなったら頼りになるのは山田様を措いて他にはない。どうぞ、黒沼の旦那の無実を証明して牢から救い出してやっておくんなさい。あっしの親父のたっての頼みなんでさぁ」

「もちろん、そのつもりだ。私にできることは何でもする。だが」

ここで、遅まきながら浅右衛門は首を捻った。

「何故、思惟竹さんなんだね？　曲木の親分はどうなさった？」

〈曲木の松〉こと松兵衛親分は十手《じって》を預かること数十年、江戸っ子なら知らぬ者がない名岡っ引きであり、目の前に立つ思惟竹の父でもある。

「それが――」

また頭を掻く思惟竹。

「何の因果か、この一大事に、親父と――そして、姉貴もです。二人ともひでぇ風邪に罹《かか》って寝込んでいるんでさ」

日頃、フラフラして実家に寄りつかない放蕩《ほうとう》息子故《ゆえ》、この思惟竹は感染《うつ》らなかったようだ。

「そういうわけで、今回ばかりはあっしがお供いたしやす」

〈二〉


こうして、身を翻《ひるがえ》して牢屋敷へ戻った浅右衛門と思惟竹。

〈伝馬町牢屋敷〉と言い慣らされているここは、江戸幕府管轄の牢獄で、今で言う拘置所に当たる。

広さにして約二六一八坪（約八、六三九㎡）。常時百人から三百人、多い時は千人以上を収容したと記録に残っている。

北側に当番所と呼ばれる監視所があり、これを挟むように東西に獄舎が伸びていた。外側に向かって口揚屋《くちあがりや》、奥揚屋《おくあがりや》、大牢《たいろう》、二間牢《にけんろう》の順だ。

女囚は身分にかかわらず西の揚屋《あがりや》。この他に、百姓牢もあった。

お目見え以上の直参旗本や上級僧侶、上級神職を収容する牢は裏門近くに別にあり、〈揚座敷《あがりやしき》〉と呼ばれた。それ以下の旗本、御家人、大名の陪臣《ばいしん》、僧侶、神職は皆、〈揚屋〉だ。

同心の久馬も然《しか》り。だが、文句は言えない。

諸藩の藩士なら、たとえ家老であってもこの〈揚屋〉に繋がれたのだ。後に浅右衛門が首を斬ることになる、〈安政の大獄〉で捕らえられた吉田松陰《よしだしょういん》もこの揚屋に入れられる――

本文回帰。

さて、二人は当番所に向かった。

首打ち人は牢屋敷《ここ》では知らぬ者がいない。思惟竹の方は、何処まで効力があるかはさておき、父が名代として持たせてくれた赤房の十手《じって》を懐に呑んでいる。これら伝手《つて》を総動員して、何としても久馬との面会を取りつけようというわけだ。

面会を希望する旨を告げると、牢役人はいったん奥へ下がり、再び出て来て「こちらへ」と導いた。

そして、獄舎とは違う座敷へ案内される。

そこに待っていたのは黒羅紗羽織に麻の袴――

意外にも、久馬の上司だという与力だった。

「初めまして、山田浅右衛門殿。我が配下の黒沼久馬が貴殿のお力をお借りしていること、重々承知しております」

与力は名を添島頼母《たのも》と名乗った。歳は三十半ば。若白髪が却《かえ》って青年らしさを際立たせる、凛とした風貌だ。

「一度ご挨拶したいと思っていたのですが、まさか、こんな形で対面することになろうとは……」

「いえ、こちらこそお会いできて光栄です」

浅右衛門も畏《かしこ》まって頭を下げた。

「おお、おまえさんは〈曲木の松〉親分の倅《せがれ》さんだね？　親分も良い跡取りを持ったもんだ！」

目を細める与力を前にして、流石に跳ねっ返りの思惟竹もただただ平伏するばかり。

「へへー、こりゃどうも……畏れ多いことで……」

浅右衛門に視線を戻すと、添島は言った。

「この際、単刀直入に申します。山田殿、この通りです。どうか、黒沼を助けてやってください」

与力は畳に両の手をついて頭を下げた。

「あいつはそそっかしいが、生一本なイイ男だ。私は頼みにしているんです。思慮の浅さが玉に瑕《きず》とはいえ、こんなことで有能な部下を失いたくはありません」

「添島殿……」

「貴方なら――七代目・山田浅右衛門殿！　この窮地から黒沼を救い出せると信じています。貴殿のお知恵で、どうかよろしくお願いいたします」

顔を上げると、やや声を低くして、添島頼母は明かした。

「実は、今回、不穏な動きを潰すのは早くに限ると急襲したはいいが——相手側は全員自刃してしまった。つまり、幕府側《こちら》の手中に何一つ情報が得られなかったのです」

凄惨な現場だったらしい。自刃は珍しくないが、今回はその上、全員、己《おのれ》の顔を深く抉《えぐ》っていたそうだ。このことからも、よほど狂信的な集団だというのがわかる。

「そういうわけで、未だに謀議をしていた八人の正確な身元さえ割り出せない始末……」

与力は無念そうに歯噛みした。

「上の方、お奉行も、同心一人の命が欲しいわけじゃない。この際、逃げた女を見つけ出せれば……もしくは、どんなことでもいい、何らかの情報を得られれば……」

久馬の過失も帳消しにできると、その目が告げていた。

「あいつは頑固者だから」

そこで咳払いして、与力は続ける。

「私がどんなに問い質《ただ》しても、逃がした女について知らぬ存ぜぬの一点張りだ。だが、貴殿なら、何とか上手く黒沼の本心……あるいは詳細な事情……せめて、女の容貌や年齢くらいは聞き出せるのでは？」

　こういうわけで、むしろ上司の与力に背中を押されて、浅右衛門は牢内の久馬と対面の運びとなった。

「ここはお二人だけの方がよろしいでござんしょう」

　牢前まではツいてきた思惟竹は、廊下に腰を下ろす。

「あっしはここで待っておりやす」

　久馬が押し込められている東の奥揚屋《おくあがりや》は広さ三間（十八ｍ）。そこに入っているのは今のところ久馬一人だけだ。入牢して間がないということもあり、当人は思いのほかこざっぱりしていた。

　清潔な帷子《かたびら》を着て、髭や月代《さかやき》も綺麗に整えられている。

　上背があり姿勢も良いので、牢に繋がれているようには見えず、一瞬、笑みを零す浅右衛門だった。

　だが、よくよく考えたら、〝だからこそ〟悲しいではないか。

　自分は咎人《とがにん》を嫌というほど見て来た。この男にこんなところは場違いだ。常に陽の光の中にいるべきだというのに。久馬に薄暗がりは似合わない。

(自分と違って?)

浅右衛門は、自身に沁みついている闇を払い落とすようにバサリと裾を叩《はた》いて、座す。

「おう、浅さんか?」

顔を上げて友を見た久馬の第一声。

「俺ぁ、バカだ」

「うん。知ってるさ。そんなこたぁ、百年も前から」

「言うじゃねぇか!」

いつもと同様に久馬の笑い声が弾けた。

「じゃ、なんで俺がこんなところにいるかも、もう知ってるんだな?」

「大体は聞いたよ。だが——直接、久さんの口から聞くのが一番だ。なあ、久さん、昨夜は何があったんだ? 隠し立てせずに詳しく教えてくれ」

「——」

「久さんの上司の添島殿も、松兵衛親分も、文字梅師匠も、あんたのことを知ってる人間は皆、久さんの無実を疑っていない。もちろん、俺も」

「——」

「久さん、俺はあんたを必ずここから出してみせる。誓うぜ。だから、包み隠さず全てを——その夜の真実を話してくれ」
「いやな、浅さん。俺は隠してるわけじゃねぇ。話すことが何にもねえだけだ」
と言って、漸《ようや》く黒沼久馬は重い口を開いた。
「昨夜、俺は……」

〈三〉

昨夜は、そりゃあ月の良い夜だった。俺はそんな月を道連れに端歌《はうた》なんぞ口遊《くちずさ》みながら良い気分でそぞろ歩いていたと思いねぇ。

♪ハぁ隅に置けない炭俵……元をただせば野中の薄《すすき》……

すると、通りの向こうからマッツグに女が駆けて来るじゃねぇか。紫の闇に浮かぶ姿に、一瞬、幻かと思ったが、幻じゃねえ。その後ろには怒涛《どとう》の如く砂煙を上げて迫る黒装束の群れ……

そこまで語った久馬を遮って、浅右衛門が訊く。

「その女だが、どんな容貌だった？」

「それが、御高祖頭巾《おこそずきん》を被っていたからな。顔はよく見てねえ。ただ、凛として品の良い女だってことはわかった。武家の女だってことも。飛び込んで来た際、女の帯に差した懐剣が俺の胸に当たったので間違いないやな」

「言葉は交わさなかったのか？」

「よせやい。口はきかずとも一目瞭然てぇやつよ」

荒い息遣いに怯えて揺れる肩、微かに匂う伽羅《きゃら》の香。

「小鳥だって、胸に逃げ込んで来たなら逃がすのが人の道だ。それで、俺はその女《ひと》を後ろへ押しやると、入れ替わりに前へ出て、追って来る連中の道を塞いだのよ」

『やいやいやい！　大の男が徒党《ととう》を組んで、たった一人のカヨワイ女人を追いかけるとは何事だ!?』

『どけ！　そこをどけ！』

『邪魔をするな！』

「後は……刀を抜く間も有らばこそ、突進して行った……」

「久さん、俺は今、心から天に感謝してるよ。あんたに剣の腕がなくて良かった」

そこで抜刀していたら、ただでは済まなかった。斬りつけるにせよ斬り込まれるにせよ、大惨事になっていただろう。

「『抜かば斬れ。抜かずば斬るな。刀は鞘の中にあってこそ』とはこのことだ。昔の剣豪は上手いこと言ったものさね」

改めて安堵の息を吐いてから、首打ち人は確認した。

「それが全てか？」

「これが全てさ」

悔しそうに、定廻《じょうまわ》り同心は唇を歪める。

「与力の添島様は洗いざらい真実を話せとおっしゃるが、本当にこれ以上はない。俺はこれっぽっちも隠し事なんざしていないぜ」

「あっ！」

そこは友の性格を熟知する浅右衛門、ふいに思い当たった。

「その通りだ、久さん！　あんたは隠し事をする人じゃない。だが、ウッカリ忘れてるってことはあるはず」

「え」

「もういっぺん、よぉく思い出してみてくれ。ほんとにそれ、、、だけだったのかい？　どんな細かいことでもいい、イチから思い起こしてみるんだ、久さん！」

促されて目を瞑る久馬。脳裏に昨夜の出来事を巻き戻してみる。

逃げて来た女……腕の中に飛び込む……胸にぶつかる懐剣……迫りくる追手……俺は女の腕を引いて背後へ押しやって……

「あ！」

「何だね、久さん？」

「そういやぁ、忘れてたっ！」

そらきた。ほらな？

「後ろへ庇って女の腕を引いた際、力を入れ過ぎて、袖が破れて、俺の手に残った──」

「袖を？　それをどうしたね？」

「うむ。何せ、目の前に追手が迫って来るだろ？　だから、俺はとっさに……」

「とっさに上へ投げた、と。その結果がこれですかい?」

伝馬町牢屋敷を辞して時を置かず、近くの番屋から梯子を借り、その現場にやって来た浅右衛門と思惟竹だった。

「なるほど。理には適っている……」

周囲を見回して浅右衛門は呟く。

久馬が女と遭遇したと語ったそこは、日本橋通油町《とおりあぶらちょう》。

例の大々的な捕り物があった料亭〈樋口屋〉からまっすぐに伸びた、一本道の果てに位置する。老舗の本問屋〈鶴屋〉——主人・鶴屋喜右衛門《つるやきえもん》の名から俗にいう〈鶴《つる》喜《き》〉の真ん前である。

当夜は、〈鶴喜〉は既に店を閉めて大戸を閉ざしていたそうだ。見ると、広い敷地を囲った黒塀から、庭木の見事な松が往来まで枝を伸ばしている。

「誠にすいやせん。この辺りで弟の奴が〈こうもりこうもり〉に興じて……買ったばかりの草履《ぞうり》を木の上に引っかけちまいましてね。お袋がカンカンなんでさぁ。どうぞ、取らせておくんなさい」

小腰を屈める思惟竹に、応対に出た人の好さそうな〈鶴喜〉の若い手代はニコニコ笑顔を返した。

「ああ、〈こうもりこうもり〉！　私も夢中になって遊んだ覚えがありますよ。どうぞどうぞ、存分にお探しになってください」

「ありがとうございます」

〈こうもりこうもり〉はお江戸で流行《はや》った遊びの一つ。江戸っ子なら子供時代、一度はやったことがあるだろう。

『こうもり、こうもり、草履《ぞうり》くりょ。こうもりこい、こい、酒のましょ、酒がなければ樽ふらしょ』などと歌いながら草履や草鞋《わらじ》を天高く投げ上げる。すると、空に舞っていた蝙蝠《こうもり》たちが餌だと勘違いして一斉に急降下して来るのだ。それが面白くて子供たちは何度も繰り返した。『ご飯だよ』と家人が呼びに来るまで……

胸に残る子供時代の夕景色が、手代の郷愁を誘ったと見える。親切にも黒塀に梯子を掛けるのまで手伝ってくれた。まあ、この場合、思惟竹の風貌も大いに幸いしたのではあるまいか。

剥貝《むきみ》絞りの手拭いを肩に掛け、尻端折《はしょ》りした帷子《かたびら》は、今日は折紙風車の模様だ。絵に描いたような小粋な姿は、江戸っ子の心を蕩《とろ》かさずにはおかない。

「あった！」

その思惟竹、梯子の天辺《てっぺん》で声を上げる。

果たして、松の枝に引っかかっているソレを見つけたのだろう。

「誠にありがとうござんした！　ほら、おかげでめっかりましたよ！」

思惟竹が梯子を支えていた手代に、子供の草履の片方を見せて礼を言った。

抜かりなく、ここへ来る途中の下駄屋で買って用意していたのだ。

「おお、そりゃあ、良かった！」

その後、やや離れた往来の角で待っていた浅右衛門のもとへ駆け戻った思惟竹は、今度は草履ではなく、本命の方を見せた。

「どうです、山田様、これでやしょう？」

極上の絹。友禅の袖。

町奉行配下の定廻り《じょうまわ》同心・黒沼久馬が暗い牢獄で語った、弾みで引きちぎってしまった女の片袖、まさにこれがそれだ。

とはいえ――

思惟竹、鼻の頭を掻きながら口を開く。

「へへっ、いくら山田様でも、こんな布の切れっぱしから、逃げた女の正体まで暴くなんざぁ無理というものでござんしょう？」

「――そうとばかりは言えない」

ちぎれた袖を見つめる首打ち人の顔に微笑が広がる。

その目を過《よぎ》った光は……？


〈四〉


翌日の巳《み》の刻《こく》。

浅右衛門と思惟竹は、日本橋は本町通りを歩いていた。

軒を並べた大店《おおだな》の、その威厳を示す急勾配の甍《いらか》が夏の日差しにキラキラ煌《きら》めいている。ひっきりなしに通る大八車、行き交う人の群れ。何か悪さをしたのだろうか？前掛け姿の小僧が箒を持って犬を追いかけて行く。

そんな喧噪の中、いつになく神妙な面持ちの思惟竹だった。

それもそのはず、今日の思惟竹はいつもと違う。平生《へいぜい》の鯔背《いなせ》な帷子《かたびら》ではなく、地味な憲法色《けんぼういろ》の染抜き縞に献上博多の帯。白足袋まで穿いて、一見、若い番頭か修業中の若旦那という風情だ。風呂敷包みを仰々しく胸に捧げ持っているのもそれらしかった。

やや前を行く浅右衛門も、きちんと羽織を着込んでいる。

「それにしても、狐につままれたみてえでさあ！」

外見を整えたところで、こればっかりは急には変えられない。威勢の良い江戸弁、俗に言う〝伝法《でんぽう》な〟口調で思惟竹はまくし立てた。

「一体どうやって、片袖だけで女の目星をつけたんです？」

「竹太郎さん――今日は、これから取り掛かる仕事の都合上、この名を呼ばせてもらうよ」

そう断ってから、浅右衛門は足を止めて振り返る。

「竹さんは私の弟子、見習いという役回りなので、きちんと説明しておこう」

言葉より目で見た方がわかりやすいはず、と浅右衛門が懐から取り出したものは――

三枚の古裂《こぎれ》だった。

「竹さん、この色がわかるかね？」

思惟竹こと、竹太郎、覗き込んで……

「これならわからぁ！　江戸紫でござんしょう？」

三枚の中で一際《ひときわ》濃い布を指差した。鮮やかな紫は江戸っ子の誇りだ。

「大当たり」

「でも、あとのはわからねぇや」

浅右衛門は笑って、一番薄い紫を揺らした。

「これは古代紫さ」

最も古くからある紫。上古、平安の貴人たちが愛した色である。

そして、残る一枚が……

「京紫というのだ」

竹太郎は鼻に皺を寄せる。

「へ！　紫？　この赤《あけ》ぇのが？」

「そう思うだろ？　江戸者にはとても紫には見えない。だけどな、上方は赤を好む。何でも赤が勝っていたら、そいつは上方のものだと思っていい」

ここで、竹太郎、ハッと息を呑んだ。

「この色……例の、黒沼の旦那が引きちぎった袖の色じゃねえですかい？」

「その通りさ」

古裂《こぎれ》を懐に戻し、再び歩き出す。鳶《とんび》が高く旋回する空を仰ぎながら、浅右衛門は言った。

「それで俺は、昨日のうちに添島殿に頼んで江戸中のお目見え以上の、武家の奥方の出身地を調べてもらったのよ。添島殿は有能な与力殿だな！　今朝早くに、欲しかった書付を届けてくださったよ」

「ああ、朝の使いはそれだったたんで？」

実は浅右衛門も竹太郎も、昨晩から八丁堀にある同心組屋敷内の久馬の屋敷に逗留していた。今回の活動においては、その方が何かと便利だと考えたからだ。

母を早くに亡くし、父も見送った久馬。まだ独身《ひとりみ》のせいもあり、屋敷は味気ないものだった。父の代から仕える年取った女中と下男がいるだけ。既に幾度も飲みに来て泊まったことがある浅右衛門は、それを熟知していたが。

「その添島殿からの書付を見て、気になる人がいた――それが今から訪ねて行く人だよ。小笠原《おがさわら》家のご嫡男のご正室だ」

「げっ！　小笠原様って……ひょっとして小倉《おぐら》藩の藩主様ですかい？」

驚愕する竹太郎に静かに頷いて、浅右衛門は先を続ける。

「方角的にもピッタリなんだよ。久さんが女を逃した場所が本問屋〈鶴喜〉。その先の浜町《はまちょう》堀に緑橋がかかっていて……お、あれだ。この橋を渡って右に行くと、小笠原の御屋敷がある」

橋を渡りながら、浅右衛門は噛みしめるように言った。

「このご内室のご実家が加賀藩主筋で、母上が京の公家、鷹司家《たかつかさ》のご出身……」

ここが一番肝心な点だ、と声に力が籠る。

「娘は母親に影響されるものさね。上方出身の母御の趣味を受け継いで、小笠原家の若様の奥方も上方好みなのではあるまいか？　江戸でこの色はあんまし見ないからな」

首打ち人は更に踏み込んで言い切った。

「江戸で京紫を身に着けている女人は、ちょっといない」

この辺り、流石に刀剣のみに留《とど》まらない、鑑定家《めきき》の七代目・山田浅右衛門の真骨頂である。

「全体、加賀ってぇ御国元は、京の鷹司家と結びつきが強い。金沢城から見て巽《たつみ》の方角に〈巽御殿《たつみごてん》〉という大邸宅があるが、これは十一代藩主が鷹司出身の義母のために造営したもので、辰巳とは、加賀では鷹司家の意味だ」

「へぇ！　面白ぇ！　お江戸で〈辰巳〉は芸者ですがねぇ」

竹太郎が言ったのは深川芸者のことだ。粋で気風《きっぷ》が良く、吉原の花魁《おいらん》の好敵手だった彼女たちを、江戸っ子は〈辰巳芸者〉と呼んだ。ちょうど深川が辰巳——東南の方角に位置したからだ。

「それにしても、加賀ねぇ？」

戯作者《げさくしゃ》志望の竹太郎は肩を竦める。

「あっしら庶民にとっちゃあ、加賀と聞いても〈加賀騒動〉くらいしかピンとこねぇや。〈梅柳若葉加賀染《うめやなぎわかばかがぞめ》〉の鶴屋南北《つるやなんぼく》の筆さばきは凄かったねぇ！」

加賀騒動は、二百年以上続いた徳川幕藩体制の中でも屈指の御家騒動である。

茶坊主から破格の立身出世を果たした美男の大槻伝蔵《おおつきでんぞう》が、君主を魅了し、正室を寝取り、己《おのれ》の胤《たね》の子を産ませた。そして、その子を跡継ぎにするべく、遂に君主に毒を盛る……

悪辣《あくらつ》で淫靡《いんび》な物語性故《ゆえ》に、様々に脚色され、浄瑠璃、歌舞伎、浮世絵と江戸っ子を熱狂させた。

「極め付きは、浅尾《あさお》――これは伝蔵の愛人でもある、正室の腰元ですがね、この浅尾に真実を吐かせるため、数百匹の毒蛇がいる穴蔵に、裸に剥いて押し込める場面……ホントにあそこは、手に汗握る。驚き、桃の木、山椒の木ですぜ！」

〈浅尾蛇責め〉の艶っぽい錦絵を脳内に呼び起こして、大いにニヤけている竹太郎。

その傍らで浅右衛門は与力・添島頼母の言葉を思い出していた。

――相手側は全員自刃してしまった。

ということは？

裏を返せば、そうまでして隠すべき〝何か〟……

幕府側に知られるのを恐れた、重大な秘密があるということではないのか？

いずれにせよ、今となっては真相に繋がる唯一の存在は、〝京紫の袖を残した女〟だけなのだ。

友、黒沼久馬の命運もかかっている、紫色のこの細い細い糸……

（なんとしても、手繰り寄せてみせる）

「竹さん。繰り返すが、今回はあんたは私の弟子、鑑定家見習いだ。従者という顔で一言も口をきかずに、控えていてくれよ」

「合点承知の助！　こちとら、黙ってるのなんざぁ平気の平左！　無口は当たり目、とっとの目！　てやんでぃ、一昨日《おととい》きやがれ！」

「……」

〈五〉


浜町河岸を南に進み、栄橋を過ぎた辺りで景色は一変した。

目の届く限り、大名屋敷の土塀、練塀が続く。

その中の小笠原邸、正式には小笠原信濃守《しなののかみ》中屋敷の前で二人は足を止めた。

『口をきくな』と言い含められた思惟竹こと竹太郎だったが、その必要はなかったようである。

かくまで豪壮な屋敷は、八丁堀の組屋敷にある久馬の家すら立派と思う竹太郎にとっては、もはや〈城〉の域だった！　左右に番所を備えた、門番が守護する表門を潜った時点で度肝を抜かれて声も出ない。片や浅右衛門、いつもと全く変わらず飄々《ひょうひょう》としている。

純白の御影石の切り石を踏み、唐破風《からはふ》の大屋根の玄関へ。その式台で首打ち人は本名を名乗った。

「七代目・山田浅右衛門と申します。今日はご正室様ご依頼の鑑定物をお返しにまいりました」

控えていた若侍、飛び上がって中へ伝達。ほどなく駆け戻って、膝に両手を置いて拝礼して曰く。

「その旨、聞き及んでおりません。ただ今、殿ご不在につき、改めてご再訪願います」

このくらいの家格になると、流石に手堅い。

「さても、ご内室様、ご失念なされたか。困ったな。そうだ、よろしければ紙と筆を拝借できませんか？」

泰然と申し出る山田浅右衛門。小笠原家の家来が対応に苦慮したのも、この浅右衛門の堂々たる態度にも、理由《わけ》がある。

実は、山田家は取り扱いの非常に難しい家だった。

表向きは一介の〈浪人〉である。が、そも、この浪人認定も、特別な曰《いわく》があるのだ。八代目将軍吉宗《よしむね》の御前で二代目山田浅右衛門が首斬りの技を披露した際、将軍は浅右衛門が身に付けていた脇差の銘について自ら質《ただ》した。その後、熱を帯びた差料《さしりょう》談義となった。そして自邸へ帰宅後、浅右衛門は将軍と対等に議論した身を自戒し、浪人という位置づけを自ら申し出たという。

また別の説として、首打ちには心技体揃った究極の技量を要するため、それを受け継げない後継が出ることでお家取り潰しの汚名を受けることを避けて、敢えて浪人であることを望んだ、などなど、史書には諸説散見される。

とはいえ、幕府の刀剣の試し切り役――正式役名・御様御用を拝命し、将軍はもとより御三家以下、諸大名の佩刀鑑定を承《うけたまわ》る身分であることは歴然の事実であった。表沙汰にはされていないが、裏の石高は三万石とも四万石とも噂されている。そんな山田家七代目・浅右衛門であればこそ、小笠原家の家臣たちが応対に逡巡するのも理解できるというものだ。

さて、渡された硯箱を開いて、浅右衛門はサラサラと書き付けた。

〈紫は　灰さすものぞ　海石榴市《つばいち》の　八十《やそ》の衢《ちまた》に　逢へる児《こ》や誰《たれ》〉

「これをご内室様にお渡しくださいませんか？　その上で、お断りとあれば退散いたします」

「さっきの、ありゃあ何です？　あっしにはさっぱりだ。暗号か何かで？」

再び若侍が奥へ行った後、首を傾げる竹太郎に浅右衛門は悪戯《いたずら》っ子の目で返した。

「まずは、結果《なりゆき》を見てみよう。解説は後で……」

「……？」

待つこと暫《しば》し。

先刻の若侍が戻って来た。その後ろについてしずしずとやって来るのは、長い袂《たもと》に裾《すそ》を引き、矢の字に帯を結ったお女中……

思惟竹が錦絵でしか見たことがない、ホンモノの腰元だった！ 丸顔でつぶらな瞳が可愛らしい。そのくせ、キリリとした眉が意思の強さを感じさせた。

その腰元、指をついて挨拶する。

「奥様がお会いになるとおっしゃっております。どうぞ、こちらへ……」

畝々《うねうね》と廊下を巡り、更に渡り廊下まで渡って案内されたのは茶室だった。

従者の気配はなく、腰元も襖《ふすま》を開けると深く一礼して、客だけを中へ通す。

一の間、二の間、次の間、三畳台目の茶室、水屋と見渡せる。

素晴らしい。一の間の襖は加賀奉書の白と藍の石畳模様で、床の間の脇に厨子棚《ずしだな》付き袋棚。天袋の小襖には花鳥図が描かれ、オナガドリ、カワセミ、セキレイ、スズメが飛び交っている。一方、地袋のそれは静謐な墨絵の山水図。いずれも狩野派の筆と見た。隅には暖をとる石炉を切って、天井は船底天井……

そこ〈一の間〉に、佳人《そのひと》はいた。

歳の頃、二十一、二。瓜実《うりざね》の顔《かんばせ》、月光の如き朧《おぼろ》な眼差し。島田髷《しまだまげ》を高く結い、白緑《びゃくろく》の小袖に秘色の打掛を纏っている。

小倉藩中屋敷の主《あるじ》・現藩主嫡男・小笠原忠徴《ただあきら》の正室は、凛とした声を響かせた。

「もう、こうなっては足掻いてもせんなきこと。とはいえ、まずはこれを――」

白い指で滑らせてよこした扇に……

〈たらちねの　母が呼ぶ名を　申さめど　道行く人を　誰《た》れと知りてか〉

「そう、その名……我が名は寛子《ひろこ》と申します」

「恐れ入ります」

浅右衛門は深々と頭を下げた。

「ご無礼のほどお許しください」

薄紅の唇から、ほうっと息が漏れる。

「正直、驚きました。こんなに早く私を探し当てられますとは……」

「いえ、時間は、ありません。よろしければこれをご確認ください」

そう言った浅右衛門に促されて竹太郎、風呂敷を解き、中から螺鈿《らでん》の文箱を取り出した。浅右衛門が蓋を開け、寛子に差し出す。

「これは、貴女様のものでしょうか？」

「……！」

「件《くだん》の夜、我が友の手に残されたものです。当人は現在、貴女様を逃がした咎《とが》で牢に繋がれております」

その片袖を前に、どのくらい時が流れただろう。

ついに正室は口を開いた。

「これは――母の着物でした」

いったん話し始めると、堰《せき》を切ったように言葉が流れ出す。

「私は加賀第十一代藩主・前田斉広《まえだなりなが》の娘です。母の名は隆子《たかこ》、京の公家である鷹司家の出です」

小笠原嫡男の正室は、二度、瞬《まばた》きした。

「正式には、私は第一側室八尾《やお》の産んだ斉広の四女で、母隆子にとっては〝養女〟です。母は実子に恵まれませんでしたから。とはいえ、私は母を心より敬愛しております。母も深い愛情を持って私を育《はぐく》んでくださった。母と過ごした幸福な日々は、私の大切な思い出です」

　ここで大きく息を吸う。

「あの夜、私は、ある意図をもって母から譲られた大切な着物を纏いました。間違った道に進んだ愚か者を改心させたいと考えたのです。この母の着物……懐かしい色を見れば思い出してくれる……優しかったあの頃のあの子に戻ってくれるのではないかと……一縷《いちる》の望みを掛けました」

「とは？」

「あの夜、自刃した一人は私の――ともに母の養子となって育った実弟でございます」

　山田浅右衛門様、貴方様ならとうにお察しと存じ上げますが、と断った上で、その女、寛子は続けた。

「弟の本名は延之助《えんのすけ》。十一の歳に望まれて、加賀藩支配の越中は五箇山《ごかやま》の方へ養子に出ました。ところがその養子先の羽馬《はば》家を出奔。行方知れずになっていたのですが……」

　姉弟は江戸で偶然再会したのだとか。

「名は京輔《きょうすけ》と変えていました。以来、密かに会っていたのです。そうさせたのは懐かしい思い出故《ゆえ》。平穏で楽しかった幼い日々を再び味わいたかった。でも」

弟が何やら恐ろしい集団と親しみ、過激な思想に染まっていることに気づくのに時間はかからなかった、と姉は言う。

「私は何としても昔のあの子に戻ってほしかった……」

その日は夕刻、延之助が会いに来た。寛子の夫、小笠原家嫡男・忠徴は不在だったそうだ。元々、そういう時でなければ訪ねては来なかったのだが。

「夜に、日本橋界隈で仲間との会合があるということでした。それで私は、決心して、延之助が出て行くと亡き母の着物を纏って、すぐ後をつけたのです。今度こそ、弟を連れ戻そう、付き合っている得体の知れない仲間と縁を切らせようと、それだけを考えていました。この愚かな姉の短慮をどうぞお嗤いくださいませ」

そうと知らない延之助はのんびりと緑橋を渡り、本町通りを歩いて、やがて料亭の裏木戸を開けて姿を消す。続いて寛子も忍び入った。そこは裏庭で人の気配はなかったため、これ幸いと弟の袖を取った刹那、それは起こった。

「私が掻き口説こうとした矢先、料亭の屋敷内から凄まじい音が響きました。弟は私を突き飛ばして中へ飛び込み、私は外へ走り出ました——すぐに私にも追手がかかり、無我夢中で走ったのです」

さながらその現場に戻ったかのように寛子は身震いした。だが、息を整えると一気にその先を語る。

「お恥ずかしい話ですが、追手から逃げて走る最中に、自分がとんでもない過ちを犯したことに気づきました。私にも現在の立場がございます。つまり、小笠原家嫡男の妻女としての。私の浅はかな振る舞いのせいで主人にまで汚名を着せることになる……養子に出た弟のことは、主人は詳細には知りません。それなのに、私がこのまま捕まったら小笠原家はどんなお咎《とが》めを受けるのでしょう？　また加賀の親元は？延之助の養子先は？　様々な思いが錯綜し、とても恐ろしゅうございました。そんな私の目の前に——」

「現れたのが我が友というわけですね」

頷いた浅右衛門は、袖の入った文箱をスッと前へ押し出した。

「では。まず、これをお返しいたします」

「え」

思わず声を漏らしたのは思惟竹こと、今日は浅右衛門の弟子の竹太郎。

それより遥かに驚いたのは、小笠原家嫡男の正室だった。

「で、でも、これは貴方様の大切な証拠の品。こうも易々と私に返すとは、一体、何故？」

女は信じられないという顔で浅右衛門を見つめ返す。

「ご安心ください」

浅右衛門はゆっくりと言った。

「私は、貴女様に出頭願おうとは毛頭思っておりません。いえ、ハナから、御身を友と引き換えにしようなどとは考えておりません」

「そんな……嘘……」

「山田様――いえ、お師匠、そりゃ――」

何か言おうとした弟子を制して正室に向き直った首切り人は、莞爾《かんじ》と笑った。

「我が友は貴女様を守ろうとした。ならば私も、その矜持《きょうじ》、受け継がせてもらいます」

「私を見逃してくださるとおっしゃるのですか？　この窮地から？　でも、まさか、そんなことできるはずありませんわ」

「いえ、望みはある」

今一度、浅右衛門は目を伏せて愛おしそうに片袖を見つめた。

細い細い糸で手繰り寄せた……見つけ出した紫の女《ひと》。その袖よ、さあ、更に先に繋がれ……！　導けよ……！

「件《くだん》の夜、貴女様は弟さんから何か渡されませんでしたか？　もし、そのようなものがあれば――」

浅右衛門が顔を上げ、まっすぐ女の瞳を見つめる。

「ぜひとも私にお譲りください。それだけで貴女様も我が友も、私は救うことができます」

眩しいものを見るように、寛子は瞬《まばた》きした。

「何故それを？　山田様は何でもお見通しですのね？」

「えええ！　あるんですかい？　そういうものが？」

叫んだのは竹太郎だ。無作法とはいえ、この場合、驚くのも無理はない。正室はそんな竹太郎の方を見て一度頷いてから、再び浅右衛門へ視線を戻した。

「実は……弟が私に託したものがございます」

そこまで口にしてから、口早に言い添えた。

「その場では気づかなかったのです。貴方様のご友人が盾となってくださって、何とか自邸に帰りついてから、帯の間に差し込まれた小さな袋――匂い袋を見つけました。私のものではありません。そうです。あの時、料亭の庭で延之助が挟んだのでしょう。恐ろしくて中は見ていないのですが」

「それでいい。貴女様はこれ以上知る必要はありません。とにかく、その匂い袋さえあれば――」

きっぱりと浅右衛門は言い切った。

「それを渡していただければ、金輪際《こんりんざい》、貴女様は今回の件には無関係。私は私で友の罪を相殺することができる。御公儀が何を措いても欲しているのは〈不善の一党〉の情報なのです」

拝むように両手を合わせていた小笠原嫡男正室の顔が翳《かげ》った。

「ただ、その品を今、貴方様にお渡しすることはできません」

「む？　それは何故？」

正室は俯いて袂《たもと》を握り締める。

「ここにはないからですわ。私、恐ろしくて……隠してしまったんです。私しか知らない場所へ。再び取り出すまで少々時間がかかります」

何かを思案していた寛子は、パッと顔を上げた。

「こうしましょう。明日、お渡しします。場所は——上野の蓮池《はすいけ》で如何でしょう？」

「蓮池……不忍池ですか？」

「ええ。あそこはいつも大変な人出でしょう？　私が延之助と偶然再会したのも、あの不忍のお池なんです。人波に紛れて忍んで出かけた花見遊山の時でした。私、あそこが大好きで……ですから、あの場所なら良く知っています」

ちょっと場違いなほど屈託なく、寛子は微笑んだ。一瞬、浅右衛門には蓮の花と重なって揺れる、お忍び中の女の姿が見えた気がした。

なるほど。蓮の花びらの色、あれも京紫だ。小笠原家の正室が彼の地を好む理由がわかる。

「それで、よろしいでしょうか、山田浅右衛門様？」

〈六〉


「腑《ふ》に落ちねぇ！」

小笠原邸からの帰り道、地に戻ってまくし立てる竹太郎だった。

「全く、どうにも腑に落ちねぇ！　山田様、今のところまででいいから、絵解きをしておくんなさい。何故あの奥方様は山田様に会うのを承諾されたんです？　あんな、わけのわからねえ謎かけみてぇな歌一つで」

「小笠原家嫡男のご正室は、教養深い賢女であらせられるということさ」

「へっ？」

「思惟竹さん。あんたは戯作者《げさくしゃ》志望だ。この先、物語を書く上で何かの役に立つかもしれないので教えるがね」

そう前置きして、浅右衛門は話し出した。

「最初に私が記したのは、あれは我が国の古い歌集〈万葉集〉にある一首だよ。但《ただ》し、歌の言葉自体には謎はない」

「嘘でがしょ。謎だらけだ。〝紫は灰さすものぞ〟……なんて」

流石、読本《よみほん》が好きなだけあって思惟竹、先刻、浅右衛門が書きつけた歌をちゃんと覚えている。

「それは枕詞なのさ。その〝紫は灰さすものぞ〟の部分は、次の〝海石榴市〟に掛かる。短歌の約束事なんだよ」

浅右衛門は優しく笑った。

「要するに『この市《いち》で出会った貴女に、私は一目で恋をしました。ぜひお名前をお教えください』と頼んでいる歌だ。まあ、〈紫〉と〈名前を確認したい〉という部分が、今日の私たちの訪問に合致していたから使ってみた」

果たして、正室は浅右衛門の意図を理解した。のみならず――

「元歌をご存知だったと見えて、即座に返してくださったわけだ」

扇に書かれた歌、それがそうだ。

〈たらちねの　母が呼ぶ名を　申さめど　道行く人を　誰《た》れと知りてか〉

不思議に被っている、と思う浅右衛門だった。

「この返歌は万葉乙女の気概に満ちている。『母が私を呼ぶ大切な名を教えてあげてもいいけれど、でも、貴方こそだあれ？　先に名乗るのが礼儀でしょう？』というほどの意味さ。行きずりの男に安易には靡かないという心意気が爽快ではないか」

「はぁ、そんなもんですかね。それにしても——ホントに博学だな、山田様は。刀剣の目利きは当然としても、歌にまでお詳しいとは！　恐れ入り屋の鬼子母神だぜ」

しかし、浅右衛門は悲しげな顔になった。

「私が歌に詳しいのは……それが家訓だからさ」

首を打つという生業《なりわい》故、辞世の歌に接する機会が多い。

土壇場《どたんば》で一番近くそれを聞く者として、〈死にゆく人〉の想いをしっかりと理解できるよう、歌の素養を磨くべし。三代目・山田浅右衛門がそう定めて以来、山田浅右衛門の名を継いだ者は皆、歌学に精通し雅号を有している。ちなみに七代目・浅右衛門の号は和水《わすい》という。

「ふうん？　俺ぁ難しいことはわかりませんがね。あの奥方様……姉貴と重なっていけませんや」

「……！」

今度ハッとしたのは浅右衛門だった。

「あっしもね、姉貴のこと、顔を合わせりゃあ小言ばかりで正直、ウザったいんだが……何だかなあ……」

弟を正しい道へ戻そうとした姉の思い。救えなかったと告げた横顔の、震える睫毛の影。

何より、あんな世間知らずのお姫様が、夜半、大戸を下ろした日本橋の通りをたった一人で駆け抜けたのだ……！

「姉貴ってものは……身分の高い低いにかかわらず……敵わねぇや」

「――」

それぞれの感慨を胸に、とにもかくにも二人は安堵して八丁堀の組屋敷へ帰還した。

これで久馬の命は救われる。その夜はぐっすり眠ることができた山田浅右衛門だった。

だが、事はそう上手くは運ばなかった。

翌日、約束の場所にその人は現れなかったのである。

もちろん、浅右衛門と竹太郎は、寛子は身分を隠して目立たない格好でやって来るだろうから見過ごすまいと、池沿いの茶店の、いっとう見晴らしがきく場所に陣取った。そうして目を皿のようにして日がな一日、人波を凝視し続けたのだ。

だが、徒労に終わった。

遂に小笠原家嫡男忠徴夫人、寛子は姿を見せなかった——


「チキショウメ！　一杯食わされたんでぇ！」

落胆して戻った久馬の屋敷。

その座敷で、竹太郎は女ではなく、浅右衛門を強く責めた。

「これは山田様の失策だ！　言いたくはないですが、やはり、あの手証……京紫の袖を渡すのが早過ぎたんじゃござんせんか？」

立て板に水の如く吠えまくる。

「弟から託された匂い袋とやらと同時に交換する——それくらいの勢いじゃなくっちゃあ、だめだ！　もっとはっきり言いやしょうか？　つまり、山田様はまんまと騙《だま》されたんですぜ！」

一度息を継いでから、竹太郎は続けた。

「小笠原家の若奥様の身とすれば、証拠の片袖さえ戻ってくれれば、こっちのもの。後は知らぬ存ぜぬで澄ましていりゃあいい。もはやこれ以上アブねえ話にかかずらうことはねえんだ」

「……そうだろうか？」

「そうに決まってまさぁ」

そこで竹太郎、懐手のまま黙りこくっている首打ち人を横目で見る。

「案外、ヒトがいいんですね？　山田様も」

そして、わざとらしく大息を吐いた。

「あ〜あ、山田様は賢い御方だと思ったのに、これじゃあ、そっくりだ！　とんだお神酒徳利《みきどっくり》、瓜二つで見分けがつかねぇや」

「……誰とだい？」

「ちぇ、他に誰がいるってぇんだ。黒沼の旦那以外によ？」

ボソリと呟いた竹太郎が、鯔背《いなせ》な本田髷《ほんだまげ》に手を置いて……

「アレ？　なんで嬉しそうな顔をなさるんで？　おいらは詰《なじ》ってるんですぜ？　まったく、お侍ってやつはこれだから――」

「嫌いかい」

「その逆。心から尊敬せずにはいられねぇや！　まあ、こんな御人は山田様と黒沼様だけかもしれませんがね」

竹太郎は膝の上の自分の手を暫《しばら》く見つめてから、やおら顔を上げた。

「わかっていまさあ。黒沼様はね、今度の件では、死んでもいいと思ってるんでさ。とっくに腹を括《くく》っておられる。何の関わりもねえ、それこそ袖振り合ったが他生の縁の、他人の奥方のために、命を捧げてもいいってね。いったん助けた以上、最後まで責任を持つ、とことん付き合う、命なんざくれてやるってわけさね。お見事でござんす！　そこへ持って来て御友人の貴方がご同類と来た。黒沼の旦那の意を酌んでさ、紫の奥方に騙《だま》されるならそれまでだ、とばかり小賢しい取引なんざ一切なさらない……美しいじゃないですか。花は桜木、人は武士たあ、よく言ったものだ！」

いよー、と声を上げ、竹太郎はパチンと両手を打った。気が早くて威勢の良い江戸っ子が好きな、一丁締めだ。

「ようがす、山田様。こうなりゃ、後は黒沼の旦那の首、見事に打ってやっておくんなせえ。黒沼の旦那も本望でがしょう」

「耳が痛いよ。竹さん」

浅右衛門は立って縁へ出た。月が美しく輝いている。その月を見上げながら、首打ち人は首を横に振る。

「だがな、買いかぶり過ぎだ」

「はい？」

「俺は久さんほど潔《いさぎよ》くはない。も少し、未練がましいってやつさ」

座敷に背中を向けたまま、さながら月に宣言するように浅右衛門は言った。

「俺は待ってみる。明日もう一日、あの人がやって来るのを待つよ。池の端で、名物の菜飯でも食いながら……」

〈七〉

翌日。

宣言通り、浅右衛門は菜飯と田楽を頼み、池の端に座していた。

どうのこうの言いつつも、竹太郎も雁首を並べている。

そんな二人の前を一体何人の人が通り過ぎただろう。上野、不忍のお池には今日も涼風《すずかぜ》が吹き、花を愛でる老若男女で賑わっている。

と。昼近く、二人の座る床几《しょうぎ》の前にピタリと止まった華奢な白い草履《ぞうり》——

「……？」

目当ての小笠原家嫡男の奥方ではない。もう少し若い娘だが、何処かで見た顔である。

娘は丁寧に頭を下げた。

「山田浅右衛門様でございますね?」

「あ! 貴女は――浅尾ッ!」

竹太郎の方が先に気づいて声を上げた。この場合〝浅尾〟とは加賀騒動の読本《よみほん》の影響で〝腰元〟の意味である。その通り、目の前の女は小笠原中屋敷で正室・寛子に仕えていたあの腰元ではないか……!

今日は、裾《すそ》も袂《たもと》も短く、帯も矢の字に結ってはいないので暫《しばら》くわからなかったが、可愛らしい中にも利発そうなきりりとしたその眉に、確かに見覚えがあった。

「いえ、私の名は浅尾ではなく、たまと申します。このたびは遅くなって申し訳ありません。ですが、奥様のせいではないのです」

千鳥を爽やかに描いた小袖に麻の葉模様の帯。小笠原家の腰元はハキハキと謝罪の言葉を述べた。

「お約束なさった通り、ここへは昨日のうちに、奥様ご自身がお出向きになられるおつもりだったのですが――」

一昨日《おととい》の山田浅右衛門来訪が、主《あるじ》・小笠原忠徴に警戒心を起こさせたらしい。忠徴としても、本町であった一連の騒動に何かしら不安を覚えるところがあったのだろう。その件については殊更、妻に問い質すことをしなかったが、一方で、行動を制限した。

正室に、暫くは屋敷の外はもちろん、自室からさえ出るのを禁じたのだという。

「奥様はただ今、お外へは出られません。殿様がお許しになりませんので。監視の目も大変厳しいです」

屋敷を守護する若党の数も、普段に倍して多いとか。

「そうか。そのような事態に……」

小笠原忠徴も、若妻を守りたい一心なのだろう。

「ですが、奥様がこれを――」

――おたまや。これを。

――はい？　奥様？

――おまえ、今日は藪入り《やぶい》（お休み）の日だったでしょう？　妹御が読みたがっていたという、これを、お土産に持っていっておあげなさい。日頃よく尽くしてくれるおまえへのご褒美ですよ。

――はい、奥様！　ありがたき幸せにございます。


蓮の花を背景にして、娘は得意気に眉を開いた。

「私、ピンときましたわ。奥様は私にお使いをさせたがっておいでなのだと。だって、私、今日が藪入りでもなければ、妹なんぞ持ってはいませんもの」

「やあ！　流石はあの奥様に仕えるお女中だけのことはある！　賢い娘さんだ！」

浅右衛門の賛辞に、おたまは嬉しそうに頬を染めた。

「奥様よりお預かりしたものはこれです。殿様も一度、ご自身でお目をお通しになられましたが、別に怪しいところはないと、持ち出すのをお許しくださいました」

娘はしっかりと胸に抱いていた、紫色の風呂敷包みを差し出す。

「では、私はこれで」

可愛らしい後ろ姿が人波に消えるまで、目を細めて見送る浅右衛門と竹太郎だった。

その後、渡された風呂敷包みを手に、浅右衛門は徐《おもむろ》に立ち上がる。

「戻るぞ、竹さん！」

「合点承知の助！」

八丁堀組屋敷内、主《あるじ》無き、黒沼久馬の屋敷。

浅右衛門は履物を脱ぐのももどかしく座敷に駆け込むや、包みを開けた。

肩越しに覗き込んだ竹太郎の第一声。

「何です、これ――」

「むむ？」

そこには冊子が一冊入っているだけで、先日、奥方の寛子が言及した〈小さな袋〉など何処にも見当たらなかった。

「お女中は、奥方は軟禁状態だと言っていたが、さては隠したモノを未だ取り出せていないのかもしれないな」

「てことは、なんですかい？　その〈お宝〉の隠し場所がここに記してあるとでも？」

竹太郎は中にあった本を抓み上げた。

〈源氏物語・五帖・若紫〉

「あのおたまちゃんが、殿様の忠徴も気にして、一応ご確認になったと言っていたが……こりゃ、殿様も持ち出しを許すはずだ。どう見ても何の変哲もない冊子――〝大本《おおほん》〟ですぜ」

小笠原嫡男正室の愛読書だったのだろうか？　竹太郎が『大本』と言ったのは、それが人気の〈絵入り源氏物語〉で、承応三年（一六五四）版の、最も大きな装丁だったからだ。このくらいの知識は竹太郎にもある。

「それとも、この冊子の中に、何らかの〈伝言《ことづて》〉が仕込んである？」

パラパラと頁を繰っていたが、お手上げとばかり、竹太郎はすぐに冊子を浅右衛門に渡した。

戯作者《げさくしゃ》志望の若者は首打ち人を窺う。

「どうです、山田様？　わかりますか？」

「いや、今のところ皆目……」

一謎《いちなぞ》解いて、また一謎。浅右衛門の脳裏で獄舎の友の姿がまた少し遠ざかる……

〈八〉


午後中、久馬の文机《ふづくえ》に冊子を広げて、浅右衛門は悪戦苦闘した。

矯《た》めつ眇《すが》めつ、全頁を繰って確認する。何処かに栞《しおり》などが挟まれていないか？　あるいは特別な書き込みがないか？　挿絵の部分はどうだろう？

だが、年代物の書物にもかかわらず、大切に読み継がれたと見えてどの頁にも紙魚《しみ》の跡一つなかった。

尤《もっと》も、それとわかる怪しげな痕跡があれば、寛子の夫、小笠原忠徴が持ち出しを許さなかったろう。賢い奥方としては、少しでも不審を抱かれる真似は避けたというわけか。その上で、これをお気に入りの腰元に託して届けさせたということは……

「やはり、この本の中に、私へ知らせたい何かが隠されているはずなのだ」

内容か？　この書物、あまりにも有名な〈源氏物語〉――

第五帖・若紫は光源氏十八歳の春三月晦日《みそか》から冬十月までの物語である。

（気にし出したら紫だらけだな？）

そも、作者が紫式部、やがて光源氏の正室となる紫の上こと、若紫……

これら〈紫尽くし〉に何か意味があるのか？　読み返しながら霞《かす》む目を押さえる。全くわからなくて、思考が別の方へ逸れて行った。

最初は友のためだった。今は……

浅右衛門は先日、自分を見つめていた紫の女の瞳を思い出した。震えながらも気丈に、まっすぐに俺を見ていたあの目……

ふいに気づいた。

自分が命運を握る、助けるべき人は今や、二人になっている！

二人とも、元はと言えば自分自身が招いた災厄である。そう、軽はずみな行動で窮地に陥った。

だが、その愚かな行動は自分のためではなかった。二人とも他者を助けようとしたのだ。

奥方は実弟のために。友は行き摺りの女の身を案じて。

つまり、俺は己《おのれ》を顧みない人間が好きなのだな。その愚かさを、何より尊いと感じるのだ。

結句、自分が一番愚かだということさ。

自嘲の言葉とは裏腹に、浅右衛門の胸に改めて熱い思いが湧き起こった。

（久馬、そして、紫の奥方……）

待っていろよ、今暫《しばら》く。

どんなことをしても、あんたたちを二人とも、その窮地から救い出してみせるぞ。

俺は、七代目・山田浅右衛門――〈首切り浅右衛門〉と呼ばれて久しいが、そんな俺でも、人の命を絶つだけでなく、救うこともできると信じたい。

浅右衛門は再び書物の上へ覆いかぶさるように身を乗り出した。と、その耳に微かに響いて来たのは、戯作者《げさくしゃ》志望の竹太郎が口遊《くちずさ》む歌声だった。

♪隅に置けない炭俵《すみだわら》　元をただせば野中の薄《すすき》
月と踊ったこともある……ハぁ　ぜひともぜひとも

歌声はどんどん近くなって、スッと襖《ふすま》が開いた。

「一休みしちゃどうです、山田様！　腹がすいたでしょう？　不忍池の名物を食いながらとか言ってたのに、茶店の菜飯なんざ、ほとんど食ってないんだから。さぁさ、腕によりをかけた、この思惟竹自慢の柳川鍋、ご賞味あれ！」

「竹さんっ！」

現れた竹太郎に、浅右衛門は飛びつく。

「ひえっ！」

ともかく湯気を上げている鍋を脇に置いて、竹太郎は笑った。

「いゃあ、そんなに感動してもらえるたぁ、嬉しいや！」

「いや、鍋じゃない。さっきの歌――」

「へ？　歌？　ああ、あの端歌《はうた》がどうかしやしたか？　黒沼の旦那もお気に入りの一曲ですぜ。♪隅に置けない炭俵～～」

「♪元をただせば野中の薄《すすき》……それだ！」

浅右衛門は身を翻《ひるがえ》して文机の書物に戻り、大急ぎで頁を繰る。

「ここだ！」

幼い若紫、後《のち》の紫の上が初めて光源氏に歌を返す場面――

あなたはそっくりだ！　そう感嘆して目を細める貴公子に、無邪気に問う少女。

《かこつべき　故《ゆえ》を知らねば　おぼつかな　いかなる草の　ゆかりなるらむ》

貴方様がそっくりだと溜息を吐く、その理由がわからないので私は戸惑うばかりです。一体、どなたに似ているとおっしゃるのでしょう？　私はどなたの縁《ゆかり》だと？

「は、あ？」

「だから、ここなんだよ！　〝いかなる草のゆかり〟……つまりさ、言い方を変えれば竹さんの歌った〝元をただせば〟とおんなじ意味だ。縁、元……で、その〝元は何か〟……ふむふむ、やった！　わかったぞ！」

「いや、全然わからねぇよ！」

竹太郎の声など聞こえていない。浅右衛門は振り返って、それを見た。本ではなく、包んでいた風呂敷を。

改めて見ると、これもまた紫色ではないか……！

友の手に残った片袖。その京紫の色を辿り、行き着いた女。万葉歌の紫の歌に重ねて問いかけた俺に、歌で応えてくれた。そうやってやりとりした古い歌の素養だけを頼りに、今度はその女は、源氏物語の本とそれを包む布とで、何事か重要なことを知らせようとしたのだ……！

（お見事！　全て鮮やかに繋がっている）

浅右衛門は竹太郎に、答えとなる部分を指し示した。

「改めて読んでみろ、竹さん。この若紫の歌の前、光源氏の歌だ」

《ねは見ねど　あわれとぞ思ふ　武蔵野の　露分けわぶる　草のゆかりを》

貴女が誰のお身内なのか、わかる気がします。武蔵野で露にキラキラ輝いている美しい草も、その根は地中深く隠れて見えませんが……貴女もまたあの美しい人と同じ根——血縁でしょう?

「そして、光源氏のこの歌の下敷きとなったのは——また元を辿るが、古今集の歌だと言われている」

そう言った浅右衛門、急いでその歌を書き記す。

《紫の　ひともと故《ゆえ》に　武蔵野の　草はみながら　あわれとぞ見る》

美しい紫色の元となる草が生えているからこそ、武蔵野の草は全て風情があるように見えてしまいます。

「もうわかったろう？」

「いや、だから、申し訳ねぇんだが、あっしにはさっぱり……」

「いかなる草のゆかり……ここで言う草はムラサキのことだ！　この草、ムラサキは根を紫根《しこん》と言って、これが紫色を染める染料《もと》なのだ」

浅右衛門は風呂敷を持ち上げた。

「冊子を包んでいたこの布もそれ、紫染めだ」

光源氏が恋したのは義母の藤壺《ふじつぼ》中宮。その名、藤の花の色から連想して武蔵野のムラサキに飛び、染料となる根に重ねて、ゆかり、縁——少女が藤壺の血縁だとほのめかしている。

まあ、この辺りの式部の技巧の上手さはともかく、それを言伝《ことづて》に利用した奥方の機微は素晴らしい！

「さあ、もうわかったね？」

頬を上気させ、浅右衛門は竹太郎を振り返った。

「ゆかり、縁、根、草……これらの言葉から導き出せる小笠原嫡男正室・寛子殿が弟から託されたもの――〈匂い袋〉を隠した場所こそ……」

首打ち人はもう走り出している。

「いくぞ、竹さん！」

「あいよ！　わかりやした！　武蔵野でがしょ！」


〈九〉


「って……武蔵野じゃあねぇんですかい！」

浅右衛門と竹太郎が立っているのは、小笠原中屋敷の庭である。

「よく考えてみろ、竹さん」

浅右衛門はにっこり笑った。

「武蔵野は遠過ぎる。奥方が一人で簡単に行ける場所ではないし、件《くだん》の騒動が起こって間もないのだから、時間的にも無理というものさ。正室が弟に託された小袋を隠すことができた〝ムラサキ〟の生えた場所があるとすれば、それは自邸の庭以外ないだろう」

「なるほどね！」

「というか――ところで、竹さん。おまえさん、何でも似合うな。ひょっとして、この家業、物凄く合っているんじゃないか？」

「え？　庭師が、ですかい？」

竹太郎はつくづく自分の体を眺め回した。現在の浅右衛門と竹太郎の二人は、小笠原家お抱えの庭師の装束に身を包んでいる。法被に股引《ももひ》き、前掛け、脚絆に手甲……

浅右衛門は更に、武士髷を隠すために手拭いを喧嘩結びに巻いていた。

もちろん、これらを借り出すために少々脅し――赤房の十手《じって》をちらつかせる必要があったのだが。

「違う、違う。私の言ってるのは庭師じゃあなくて、大元の方。それこそ、元をただせばじゃあないが、十手持ち、目明《めあか》しの家業のことさ」

竹太郎はブルルッと身を震わせ、天を仰いで絶叫する。

「やめておくんなさい！　あっしは、あっしは、ぜってぇ、江戸一の戯作者《げさくしゃ》に、なるんだああああ」

浅右衛門、慌てて口を押さえて――

「わかった、わかった、こっちだよ、さあ、行こう」

広い庭だ。築山や池を配した、池泉回遊式の中央の庭を巡って奥へ進む。
裏庭はまた趣《おもむき》が違っている。こちらは薬草などを植えて菜園のような造りだ。その一角——

やっぱりあった！

「ここだ！　見ねえ、竹さん、これがムラサキさね」

元をただせば……　ねは見ねど……　いかなる草のゆかりなるらむ……

「きっと、ここに埋められているはずだ。奥方はこのムラサキの根本に例の袋……弟から託されたソレを隠したのだろう」

馨《かぐわ》しく戦《そよ》ぐ草の群れ。夕刻の薄明りの中でも、濃い緑が目に鮮やかだった。

そして何より——

「えええええーーっ！　紫じゃねぇのかよ！」

竹太郎を驚かせたのはその花の色だった。

ムラサキの花弁は純白で、小さくて可愛らしい。ちょうど今が盛りのその花たちは、暮れ行く空の下、目覚めた星々の如く燦《さん》ざめいていた。

「――」

だが、見惚れている暇はない。陽はどんどん陰って辺りは暗くなって行く。二人は草叢《くさむら》の周辺を慎重に探った。

柔らかい土の中、袱紗《ふくさ》に包まれて埋めてあるソレを見つけ出すまでに、さほど時間はかからなかった。

浅右衛門は袋の口を開け、中身を掌に載せる。

それが何かを確かめるには、月の光だけで十分だった。文字が書かれた紙片と、鈍く光る細長い石。

竹太郎が小さな叫び声を上げる。

「水晶!?」

「いや、違う」

険しい顔で、浅右衛門は首を横に振った。

「もっと恐ろしいものだ――」

紙片には寺の名が記されていた。

「カガチ寺?」

「ああ、知ってますぜ。そりゃあ北本所表町《きたほんじょおもてちょう》のクチナワ寺のことじゃござんせんか？　蛇がのたくってるって有名な廃寺で、誰も寄り付かないんでさ」

カガチもクチナワも、蛇の別称である。

「あっしもガキの頃、親父にあの寺へは近づくなってよく言われたもんでさ」

「なるほど。では、竹さん。最後の詰めが残ってる。さっさと行って、今度こそ終わりにしようじゃないか」

こうして、そそくさと庭を横切る二人。遠く奥の方で襖《ふすま》の軋《きし》る音がした。縁に人影が立った気がして浅右衛門は振り返る。

既に闇が溶け出して顔ははっきり見えない。ただ不思議にも、着物の色はわかった。友がちぎり取り、自分が返したあの友禅、美しい京紫のそれだ。

紫の奥方は、浅右衛門へ向かって深々とお辞儀をした。


木戸で分けてもらった火を灯した提灯片手に、庭師装束のまま、二人が向かったカガチ……クチナワ寺。

場所はすぐわかった。北本所のその辺りは、大小の寺がある地域だ。

その中の一つ——いかにも蛇が出そうな竹林を背負ったその寺は、土塀が崩れて山門も傾いた、見事なまでの荒れ寺だった。門の上に掲げた額もぼろぼろに朽ちているので、正確な寺号は読み取れない。

「こりゃクチナワじゃなくって、クチハテ寺だよ！　何処で鳴るのか夜陰の鐘が陰《いん》に籠って物凄く、ってやつだな。おー、嫌だ嫌だ、おっかないや。連中の残党が境内にまだ潜んでいるんじゃねえですかい？」

口とは裏腹に、竹太郎はちっとも怖がっているようには見えなかった。むしろ喜々としている。その弾む鼓動が浅右衛門にも伝わって来た。

「どうしやす？　二人だけで突っ込みますか？　それとも、ひとっ走りして手数を呼んできやしょうか？」

「なあ？　だから、おまえさん、この家業がすごく向いているんじゃゃ——」

おっと、この先は禁句だ。また、自分は江戸一の戯作者《げさくしゃ》になると叫ばれては敵わない。浅右衛門はいったん言葉を呑み込み、首を振って言った。

「いや、人の気配は感じ取れない。多分ここには誰もいないだろう。俺たちだけで行こう」

浅右衛門はさっさと門から入って行った。

屋根も無残に破れ落ちている本堂、その手前の前庭で足を止める。廃寺には似つかわしくない、意外にも手入れの行き届いた広い菜園を眺めた。

「やっぱりな！　思った通りだ」

「え？」

「稗《ひえ》・蕎麦《そば》・麻・ヨモギ・サク・ムラタチ……」

植えられている草の名を呟く。

「本格的じゃあないか。連中は本気だったんだな」

「一体、何なんです？」

竹太郎の問いには答えず無言のまま、浅右衛門は本堂へ歩を進めた。

そして、深く掘り下げられた床下を覗く。独特の臭気が籠っている。カビの臭いなどではなかった。

鼻を摘まんだ竹太郎が尋ねる。

「うっ、だから――何なんです？」

「コレだよ。またしても、〝元をただせば〟……」

浅右衛門は袋から、さっきの尖った石を出した。

「この結晶、宝石の類《たぐい》ではないと言ったろう？　こりゃあ硝石《しょうせき》――焔硝《えんしょう》、『えん』は、煙とも塩とも書くが。これを砕いて土や草、薪《たきぎ》、人糞などと混ぜると――飛び切りの火薬となる」

「ゲ」

浅右衛門は、菜園に目をやって続ける。

「ここに植えられている草はどれも火薬作りに最適と言われる品種《もの》だ」

再び寺の床下を振り返ると――

「これだけありゃあ、江戸の町なんざ丸焼けにできる……」

「ゲゲ」

「日本橋は本町の料亭で急襲され、自刃した一党……連中はやはり加賀一帯の出身なのだろうな。寛子殿の実弟も含めて」

静かな声で、首切り人は言った。

「この塩硝から作る火薬は加賀の古くからの特産だ。尤《もつと》も、御公儀の密偵に暴かれて、以降、生産量は厳しく管理制限されているが」

浅右衛門は声の調子を変えた。

「竹さん、五箇山というところを知っているかい？」

「いえ、あっしは江戸から出たことがねぇんで」

首を横に振った思惟竹に、浅右衛門は微笑む。

「合掌《がっしょう》造りという、独特の三角屋根の農家が点在する、鄙《ひな》びた山間の集落だがね。高い屋根裏では養蚕が盛んだ」

他に二つのもので有名だ、と浅右衛門は続けた。

「一つはお縮《しま》り小屋。所謂《いわゆる》獄舎だ。小伝馬の牢屋敷ほど生易しいものじゃあない、そりゃあ過酷な造りだ。つまり、五箇山は囚人の流刑地なのさ。竹さんが大好きな加賀騒動の大槻伝蔵もここに繋がれた。そして、もう一つが火薬作り。この五箇山一帯こそ、加賀藩の塩硝の生産拠点なのだ」

「――」

「蚕のフンがまた、塩硝を作るのに適しているのさ。そういうことさね」

夜の静寂《しじま》の中に、浅右衛門の声だけが低く響いている。

「小笠原の奥方は弟の養子先は五箇山だと語っていたろう？　きっと弟御は塩硝の作り方を熟知していたのだろうな」

「じゃ、件《くだん》の一党は、よりによってここ、お江戸……将軍様の御膝元で御禁制の火薬を作っていたわけで？」

ゴクリと唾を呑み込む竹太郎。

「そも、これを使って何をするつもりだったんだよ？」

口を引き結ぶ浅右衛門に代わって、竹太郎は自分の推測を話し出す。

「なんてこった！　まさか連中、お江戸を火の海にするつもりだった……？」

竹太郎は噴き出す額の汗を拭った。

「ひゃあ！　もしそうなら、本当に、アブねぇとこだった！　すっとこどっこいのコンコンチキめ！」

首謀者たち全員が死んでいるので、彼らが何を目論んでいたのか、その真相はわからない。

（とはいえ……）

浅右衛門は思った。傍らで竹太郎が戦慄しているように、今回、ギリギリのところで恐ろしい災厄を未然に防ぐことができたのかもしれない。

杞憂と笑うなかれ。

大坂で町奉行所与力だった大塩平八郎《おおしおへいはちろう》が乱を起こすのは、天保八年（一八三七）。この物語よりわずか一年後のことである。腐敗した幕府の施政への憤怒はさておき、その際、大塩の用意した火薬によって商都大坂は五分の一が焼失した。

また、天災とはいえ、この後、江戸は二度、猛火に焼き尽くされる運命が待っている。

青山火事・弘化二年（一八四五）死者千人……地震火事・安政二年（一八五五）死者二万四千人……

木と紙でできた日本の都市に、火は何よりも恐ろしい凶器なのである。

〈十〉


「ふあーーーっ！　やっぱ、外の空気は美味《うめ》ぇや！」

日本晴れの青空の下、紋付き黒羽織の袖を目一杯広げて深呼吸する黒沼久馬である。

「――って、出迎えは浅さんと、キノコだけかい？　曲木の親分はいいとして、文字梅はどうした？　俺ぁ、お師匠の酌で一杯やることだけを楽しみに、ここ数日を過ごして来たというのによ」

「親父も姉貴も、たちのよくねえ夏風邪にかかって寝込んでるんでさ。尤《もっと》も――」

竹太郎は小鼻を蠢《うごめ》かす。

「姉貴が顔を見せねぇのは別の理由かも……」

「？」

「黒沼の旦那がブチ込まれたのが、何処その女を命がけで守ったせいでござんしょう？　それで、姉貴のやつ、愛想をつかしたのかも」

「そ、そ、そりゃ、武士の一分ってやつだよ！　色恋沙汰などという浮ついたもんじゃねぇ！」

久馬が、例によって傍らで微苦笑している浅右衛門を振り返った。

「何だよ、浅さんも。ニヤニヤしてねえで助けてくれよ！」

「さぁてね、どうかなと思ってさ」

浅右衛門の笑みは広がる。

「古い歌にもあるからなぁ」

《紫の　匂《にほ》へる妹《いも》を　憎くあらば　人妻ゆゑに　我れ恋ひめやも》

「浅さんまで、冗談はやめてくれ。大体、顔も見ていない通りすがりの、何処の誰ともわからない女だぜ？」

その何処の誰ともわからない女のために命を投げ出したのだ。この男は。

俺や竹さんがいなかったら、今頃どうなっていたことやら。

呆れるというより、むしろ爽快な思いで、浅右衛門は友を見つめた。

南町奉行所配下の定廻《じょうまわ》り同心・黒沼久馬はお咎《とが》め無しということで無事、釈放された。

その詳細を簡略に記すと――

要するに、賊に追われていると誤解して不善の一党の仲間と思しき女の逃亡を手助けしてしまったのだが、その際、手中に残った女の匂い袋から、重要な発見あり。それを手証に調べた結果、未然に江戸の町を恐ろしい災厄から救うことができた。むしろ、結果的に功労者と見做《みな》せる……

というわけである。また、自刃した輩は、加賀藩は金沢城下で私塾挹遊館《きょゆうかん》を営む儒学者、上田作之丞《うえださくのじょう》を信奉する一派とわかった。彼らの繋がりと意図、それらをこの先徹底的に探るのは、公儀の密偵の仕事である。また、公式の記録には残らなかったが、今回、一連の事柄に関して多大の貢献を果たしたのは、御様御用人、七代目・山田浅右衛門と、目明《めあか》し松兵衛の息子・竹太郎だった。

その浅右衛門が奉行所に語った報告には、若干の〝省略〟がある。

黒沼久馬の手に残ったのは〈匂い袋〉ではなく〈片袖〉だったこと、そして、その片袖の持ち主こそ……

ままよ。謎の女は紫紺《しこん》の闇に紛れて永遠に語られることはないだろう。真実を知るのは首打ち人と戯作者《げさくしゃ》志望の二人のみ。

「それにしても、何やら空恐ろしい展開だったたそうだな？　俺はのんきに牢の中で顛末を聞いただけだったが。耳にしただけで身の毛がヨダツぜ」

久馬は両腕をブン回した。

「大江戸八百八町《はっぴゃくやちょう》を焼き尽くす量の火薬とは！　許せねえ！　俺の大切な町……大切な人たちをそんな恐ろしい炎に炙《あぶ》られてなるものか！」

いったん息を継ぐ。

「やはり、アレだな。俺ぁ、炎なら――有明《ありあけ》ぐらいがいっち好きさ」

有明とは、寝室の枕元に置いて夜明けまで灯し続ける明かりのことである。当然、艶っぽい話になる。その気になって歌い出す久馬。

♪有明の　灯す油は菜種なり　蝶が焦がれて　逢いに来る
　もとをただせば　深い仲　死ぬる覚悟で　来たわいな
　ハぁ　ぜひともぜひとも

「よおし、今日は男三人、有明を灯して朝まで飲み明かそうじゃねぇか！」

火炎——ではなく気炎を上げる定廻《じょうまわ》りだった。

「へ？　男三人？　色恋沙汰は何処へ？　……ま、そうなるわな」

竹太郎は振り返った。

「行きましょうか？　山田様？」

浅右衛門は遠い空を眺めている。ふいに思い当たって、戯作者《げさくしゃ》見習いは訊いてみた。

「ねえ、山田の旦那。あっしもね、今回のことでちっとばかし歌心ってえやつを学んだ気がしやす。それでね、さっきの歌——紫の妹《いも》の歌。ありゃあ、黒沼の旦那というよりはむしろ……」

「ん？　何だね、竹さん？」

首打ち人の瞳に映る空の色が紫に見えた。紫はこんなに悲しい色だったかな？

「あ、いえ、何でもねぇです」

人妻ゆゑに　我れ恋ひめやも……

そう、浅右衛門は小笠原の奥方のことを考えていた。

思えば、ただ一度相見《あいまみ》えただけ。そして、もう二度と会うことはない女《ひと》なのだ。

（私たちも紫の縁《ゆかり》だったな……）

「おおーーい、何してるんだ、二人とも。浅さんもキノコも、きりきり歩けぃ！」

「わかった、わかった、今行くよ、久さん」

「チ、やっぱ気に食わねぇ。誰のおかげで、肩の上に首が乗っかってると思っていやがるんだよ、黒沼の旦那……」

首打ち人の心にほの甘い思いを残しつつ……

お江戸の紫尽くし。これにて。

豆売りの卜占《ぼくせん》

〈一〉


「豆売りだ！　こりゃいいや！　占ってもらおうかな！」

走り出した自称・戯作者《げさくしゃ》の朽木思惟竹こと竹太郎、通称キノコを、久馬が苦笑して呼び止めた。

「よせよせ、占いなんぞ、当たるものか」

「いや、そうでもない」

意外にも浅右衛門がこう言ったので、一緒に歩いていた戯作者見習いと定廻《じょうまわ》り同心は大いに驚いた。豆だけに、鳩が豆鉄砲食らったような顔二つ……

「へー、山田様が占いの肩を持つなんざ、信じられねぇ」

「全くだぜ。ンなもん信じねぇ質《たち》かと思ってた！」

「うん、それがな、豆売りの卜占《ぼくせん》が大当たりした思い出がある。その話、聞きたいかい？」

「聞きたい聞きたい！」

「あっしもでさぁ！」

「あれからもう何年になるか……そういゃあ、あの日も今日みたいに雪の朝だったな」

そう言って、山田浅右衛門は話し始めた。

卍

「もぅし、若様。ご無礼とは知りつつ、これだけはお伝えせねばと声をかけました」

一面に雪が積もった朝である。

早めに家を出た浅右衛門は、ふいに呼び止められて戸惑った。

若様という呼称は、この時代の町人は、風貌が侍で若ければ『若様』、年配なら『殿様』と呼んだから奇異ではない。訝《いぶか》しんだのは、呼び止めたその人物が豆売り——俗に言う〈お豆さん売り〉だったからだ。

〈お豆さん売り〉は辻占《つじうら》入りの砂糖豆を袋に入れて一つ四文で売る、と江戸物売図絵《ものうりずえ》にある。

言葉優しく美人で、尼装束に身を包み奥ゆかしい、とも記されている。

その美人が憂いを湛《たた》えた瞳で言うのだ。

「若様、十分にご注意を。災難に見舞われる相が出ております。水……川のそば……刀に纏わることを口にして……」

まざまざとその光景が見えると言わんばかりに、豆売りは美しい眉を寄せる。

「暗い水……そう、闇色の激流には、何卒ご用心を」

四文払って、浅右衛門は微苦笑した。

災厄だと？　何を今更。家の名を継いだ時より覚悟はできている。

とはいえ、刀というのは当たっているな！

山田家の本業は御様御用だ。将軍は元より、御三家、譜代外様を問わず大名や藩主の、差料《さしりょう》の切れ味を吟味する。所謂《いわゆる》、刀剣鑑定、目利《めき》きである。同時に代々処刑の際の首斬りの役目を請け負って来た。いずれにせよ、刀とは切っても切れぬ間柄だ。

それに、身に迫っている災難というなら――

（ほら、あれのことか？）

浅右衛門は肩越しに振り返った。実は今朝、家を出てからずっとついて来る足音がある。

（だが、まだ遠い……）

一定の距離を保ってつけて来るが、尾行者は決して浅右衛門の間合いに入ろうとはしない。

（一体、何の意図があるものやら）

純白の雪を下界へ降らせ続ける暗い空を見上げてから、浅右衛門はまた歩き出した。向かうは日本橋、小伝馬町牢屋敷《ろうやしき》。今日も仕事が入っている。

本来、斬首は新米の同心の〝仕事〟だった。だが、いつの頃からか山田家が請け負うようになったのだ。

これは、同心と山田家のどちらにとっても都合が良かった。

人間の首を落とすのは生半可な腕ではできない。戦国の世は遠く去り、人を斬ったことはおろか、一度も刀を抜くことなく生涯をまっとうする武士がほとんどという泰平の時代である。同心でさえ処刑の首打ちを嫌がった。一方、刀剣鑑定において未使用――つまり、人を斬ったことのない刀は流通させられないという厳然たる事実がある。首打ち、すなわち試し斬りは、山田家にとって家業のために必要不可欠な行為だったのだ。

「誠に申し訳ないと言っておりました」

その日、依頼のあった首打ちの件について、牢役人が畏《かしこ》まって伝えた。何でも、担当の同心に今さっき大捕り物の声が掛かり、いつ戻るか不明のため、言伝《ことづて》だけ残して飛び出して行ったとのこと。

浅右衛門は一礼したのみ。別段頓着せず、粛々と自分の務めを果たした。

そして夕刻、門外へ出る。

刹那、呼び止められた。

「山田浅右衛門殿ですね？」

浅右衛門はギョッとして凍りついた。

榎の大樹の下、誰かいる。黒く凝《こご》った人影……

(信じられない！　今、斬られた？　俺は既に死んでいるのか？)

声を掛けられるまで微塵《みじん》も気配を感じなかったのだ。つまり、殺気を読み取れなかった。こんな不覚は初めてである。

(敵ながら天晴《あっぱれ》と言うしかない)

観念して、自分の体から血が迸《ほとばし》り絶命する、その時を静かに待った。が、足元の雪は純白のまま、一向にその瞬間は訪れない。

「山田浅右衛門殿ですよね？」

一歩、木陰から出て、声が問う。

「私は黒沼久馬と申します。今日はご挨拶もせず誠に失礼つかまつりました。遅ればせながらお詫びの言葉を伝えたいと待っていたのです」

「――」

見れば若い同心だった。切れ長の涼しい目、美男である。髷《まげ》は粋な小銀杏《こいちょう》に結って、銀鼠《ぎんねず》の三筋格子の着物に黒い巻羽織《まきばお》り。絵に描いたような、これぞお江戸のモテ男、花の同心である。

ちょうど雲間から陽が射して、辺り一面がキラキラ煌《きら》めき出す。その眩しさに、首打ち人は瞬《まばた》きした。

「不肖の私に成り代わって本日はお勤めご苦労様でした！」

改めて同心は深々と頭を下げた。

浅右衛門は若年ながら七代目を名乗って久しい。だが、こんな対応は初めてだった。首打ち御用はお互い何もなかった如くやり過ごすのが、今や慣例になっていたからだ。

「こ、これはご丁寧に忝《かたじけな》い」

浅右衛門は漸《ようや》くモゴモゴと返答した。まだ、さっき自分は斬られていたのではないか、その傷からいつ血が噴き出すか、という恐れが消えていない。

正直、こんな恐怖も初めてだった。こうまで深く踏み込まれたことはない。眼前の同心、よほどの手練《てだ》れと見た。

（なるほど。この腕にしてこれか？）

浅右衛門はじっくりと同心の差料を見つめた。そして即座に納得する。カンヌキ差しにブッ込んだ腰の刀。

（これは――相当の業物だ）

幾分落ち着きを取り戻し、浅右衛門は改めて言葉を返した。

「黒沼殿と申されましたね？　お気遣いなく。急な捕り物があったそうで、事情は承っております。本日の首打ちは支障なく遂行させていただきました」

では、と踵《きびす》を返そうとした途端、ガッシと腕を取られる。

「っ！」

またも不意を突かれた格好だ。今度こそ瞬殺、一刀両断！

「それはない、山田殿！　せっかく知り合ったのだ！　今宵、我らの友情を祝ってぜひ一献、お付き合いを！」

「え？　ゆうじょう……」

喉が詰まって息ができない。そんな浅右衛門の眼前に人懐っこい笑顔が揺れていた。

定廻《じょうまわ》り同心・黒沼久馬だと？

（何もかも、こんなことは初めてだ……！）


〈二〉


「ここのネギマ鍋は最高に美味《うま》いんですよ！　アツッ」

その日　南町配下の定廻り同心黒沼久馬が公儀御様御用人・山田浅右衛門を引っ張って行ったのは、伊勢町《いせちょう》にある小料理屋だった。

上品とは言いかねるが、確かに味は絶品だ。

ちなみに江戸時代で言うネギマは葱《ネギ》に鮪《マグロ》のマ。当時は人気がなくて安かったトロに葱をどっさり入れて、醤油と味醂《みりん》と出汁《だし》でグツグツ煮込んだ冬の定番鍋料理だ。これに熱燗ときたら、もう堪らない。

「クーーッ、沁みるぜ！　それにしても——同じ歳とは奇遇だなぁ！　背格好も似たようなもんだし！　道理で俺たち気が合うはずだ！」

（おいおい、気が合うも何も、飲み出してまだ半刻と経ってないだろう？）

「同じ歳なら、もう気を遣うことはないなぁ！」

（待て。おまえ、一体、いつ、何処で気を遣った？　ハナからこの調子だったが？）

「あ、その顔がいけねぇよ！　そんなに眉をひそめちゃあ、十は老けて見える！」

（いや、おまえが軽過ぎるのだ）

「とはいえ、その渋さがモテるのかねぇ？　俺はこんなにいい男なのにカラッキシだ。憎いぜ、浅さん」

（今、何と？）

「ほら、もう一杯——って、どうした、浅さん？」

「あ、さ、さん——」

「うん、浅右衛門だから浅さん。間違ってないだろ？　あ、俺は久さんでいいからな！」

　万事この調子。

　その夜は浅右衛門にとって過去に体験したことがない賑やかな酒宴となった。尤《もっと》も、久馬が一人でしゃべり続け、浅右衛門が口を開いたのは一度だけだが。

「そうだ、黒沼さん、よかったら私に差料《さしりょう》を見せていただけますか？」

「まぁた！　浅さんときたらそんな固っ苦しい口をきく——いいとも！」

あっさりと渡された刀。浅右衛門は鞘から引き抜くことはせず、鯉口を切って一瞥をくれた。

チラリ、鍔元《つばもと》から覗く竜。それだけで充分だ。浅右衛門は刀を返した。

「ありがとう」

「おうよ」

差し出したとき同様、無造作に受け取る久馬。首打ち人はひっそりと笑う。

（やっぱりな！　思った通り竜がいた。それにしても——この男に似合いの刀だ！）


自分が出すと言って聞かない同心が勘定を払うのを待って、一緒に外へ出る。また雪が降っていた。

「うーー、寒《さみ》ぃな。雪は綺麗だが冷たくっていけない。花魁《おいらん》みてえだぜ。なあ、浅さん？」

などと、一端《いっぱし》の通人のようなセリフを吐く同心だった。

帰る方向も一緒だ。同心の組屋敷は八丁堀にある。久馬はその中の神保小路寄りの北島町だという。浅右衛門の邸は麹町に近い平川町だ。二人は肩を並べて歩き出した。

(フフ、尤《もっと》もこの男なら、反対の方向でも送ると言ってついて来ただろうな?)

浅右衛門がそんなことを考えていた時、突然、背後から何者かが突っ込んで来る気配——

忘れていた。昼間、自分をつけ回していたあの足音だ。

「何奴⁉」

刀の柄《つか》に手を置いて振り返る。すると、甲高い声が返って来た。

「山田浅右衛門様! お話があります! もう待てません! 父がお預けした我が家の家宝、お返しください!」

「家宝? 預けた?」

見れば、駆け寄って来たのはまだ少年の面影を残す若侍だ。この寒空に、木綿の着物に色褪せた袴。肩に積もった雪を見るに、浅右衛門たちが鍋を突いていた間中、戸外で待っていたらしい。

急き込むようにして若い武士は言った。

「私は大津《おおつ》一之進《いちのしん》と申します。父の名は大津伝九郎《でんくろう》。その父が四年前、山田様に我が大津家の先祖伝来の名刀一振り、お預けしたはず。証文はこれ、この通り」

雪の中、少年は紙片を翳《かざ》した。

顔が強張っているのは、寒さのせいばかりではないのだろう。緊張した面持ちで若侍は続ける。

「ど、どのような刀か、私は知りません。でも一度だけ、この証文を見せて父が私に話してくれました。落ちぶれたとはいえ、我が大津家は織田《おだ》家に仕えた戦国以来の名家。その証がこの刀だと。天下の御様御用人・山田浅右衛門様に鑑定していただいた際、あまりの名刀故《ゆえ》傍に置いて日夜賞玩したいと懇願された。父も、ボロ長屋にあるよりはとお預けしたとのこと。その父が数日前、亡くなりました」

ここで若侍はいったん言葉を切り、きりりと唇を噛んだ。

「申し上げたい事はここからです。恥ずかしながら父の死後、借金取りが押しかけて来ました。我が家にはもはや売るべきものもなく、姉が――」

声が掠《かす》れる。

「十五になる姉が苦界《くがい》へ身を売ると申します。私としてはそれだけは……それだけはさせたくない」

キッと顔を上げて、言い切った。

「山田様、父が預けた刀、御返却願いたい。幸い名のある刀なら買い取ってもよいと言ってくださる御仁がいるのです。その方は私の通っている道場の先生の知り合いで――名は申せませんがお歴々の大身。信頼できる御方です。どうか、この機に返却願いたい！」

大身とは二千石以上の旗本を指す。ならばどんなに高値だろうと刀に払う金子はあるはず。実際、名刀収集を趣味とする大身や藩主を、浅右衛門は何人も知っている。

とはいえ、山田浅右衛門が答えるまで少々時間がかかった。かなり間を置いて、漸《ようや》く浅右衛門は頷いた。

「わかりました。明日の朝、お越しください。お預かりした刀、お返しいたします」

「ありがとうございます！　では、確かに明日！」

若侍は一礼すると、身を翻《ひるがえ》して駆け去った。

「ふえーーーっ」

妙な声で笑ったのは、真横にいて一部始終を目撃した黒沼久馬である。

「浅さんもヒトの子なんだな！」

「どういう意味です、黒沼さん？」

「気に入った名刀は傍に置いて愛でたい、返せと言われても中々うんと言えない。執着するその気持ち、わかるわかる！」

久馬は豪快に笑って、言葉を結んだ。

「いや、責めているのではないぞ。そういう人間味、俺ぁ好きだなぁ！　取りつく島がないくらい冷静沈着、完全無欠なヤツだと思っていたけど、こんな一面を見て益々、浅さんのこと気に入っちまった！」

「勝手に決めつけないでいただきたい」

冴え冴えとした横顔を見せて、首打ち人は傍らを流れる川に視線を向けた。やがてボソリと呟く。

「ニセモノなのさ」

「へ？」

「先刻の――大津殿の言うところの先祖伝来の名刀、あれはマガイモノさね」

残念ながら、と七代目御様御用人は首を振った。

「持ち込んだ父君、大津伝九郎殿の言葉では世に知られる〈籠手切《こてぎり》の太刀〉ということだったが……真刀ではなかった」

〈籠手切の太刀〉とは別称〈籠手切正宗《まさむね》〉とも言う。鉄の籠手を着けた敵将の腕を一刀のもと切り落として以来、この名がある。朝倉《あさくら》一族秘蔵の名剣としても名高い。

「その朝倉義景《よしかげ》を討ち取った織田信長《のぶなが》の手に渡り、現在は加賀藩が所有していると私は聞いていたのだが。こればかりは実物を見ないことには言い切れない。名刀は何処に眠っているかわからないからな。得てして意外なところからひょっこり現れるものさ。それで私も期待して鑑定《み》たものの――やはり、偽物だった」

しかし、その際に真実を告げられなかった、と山田浅右衛門は低い声で明かした。

「あの時、大津殿は妻を亡くしたばかりで二人の子供を抱えて金に窮していた。だから、刀を預からせてくれ、と申し出た。そして、その貸り賃として金十両を渡したのだ」

長い間が開く。舞い落ちる雪を数えるように、首打ち人は目を細めていた。

「……大津殿は全てを察したと思う」

静かに浅右衛門は続ける。

「つまり、私の言動から持参した刀が真刀ではないと理解したのだ。その証拠に、二度と私のもとに現れなかった。刀を返してほしいとも言わなかったし、逆に、更なる貸し料を求めても来なかった。先祖から受け継いできた刀が偽物で、それを知りながら金を出した若造の私。大津殿の恥辱はいかばかりだったろう。きっと斬られた方がましだったはず。だが、生活のために十両を押しいただいて帰って行った。そういうことさね」

浅右衛門は大きく息を吐いた。

「この件は、私と大津殿しか知らない。だからもう終わった話だと思っていた。しかし、まぁ、大津殿としてみれば、あの証文を見せることで、せめて嫡男にだけは名家の誇りを持たせたかったのだろうな」

「ど、どうするつもりだ、浅さん？」

同心の顔に、さっきまでの笑いはなかった。

「今更、親父殿が言っていた家宝の刀が偽物だと知ったら――あの若侍の衝撃は計り知れないぞ。売却先まで話を通しているようだし、こりゃ、お家の恥と腹を切りかねん」

「それもこれも私が悪い。中途半端な情け心を起こすからこのざまだ。あの時、私は真実を語るべきだった――」

浅右衛門は吐き捨てた。

「だから、今回の災厄を招いたのは私自身なのだ」

それから、まっすぐに同心の顔を見つめる。

「わかったでしょう、黒沼さん？　私はあんたが思っているほど完璧な男じゃない。情に流されるし、馬鹿な真似もするのさ」

「浅さん――」

歩き出した浅右衛門はふいに思い当たった。

豆売りの卜占《ぼくせん》はこのことを言っていたのか！

――災難に見舞われる相が出ております。

水……川のそば……刀に纏わることを口にして……

伊勢町の横には西堀留川《にしほりとめ》が流れている。

何処までも続く水……水……水……

純白の雪は後から後から舞い落ちる。全てを呑み込む夜の川は、浅右衛門の目には真っ黒い深淵に見えた。


だが。

翌日、大津一之進は山田浅右衛門の屋敷にはやって来なかった。


〈三〉

浅右衛門は待った。が、その日も、その次の日も、若侍は訪れなかった。

三日目。

浅右衛門は小伝馬町の牢屋敷《ろうやしき》へ赴いた。首打ちの依頼があったからだ。粛々と己《おのれ》の仕事をして、夕刻、外へ出ると――

「浅さん！」

また出た！　榎の木の下に満面の笑みの同心が一人。

「黒沼さん？　今日はあんたからの仕事はなかったはずだが？」

「ツレないこと言いっこなし！　今日は、俺はまたまた大捕り物で――話したよな？　この前、お江戸を騒がした押し込み団の頭領、鬼の貫佐《かんざ》をお縄にしたって。その際、取りこぼした残党を亀戸の破れ寺で捕縛してきたとこだ。俺ぁ獅子奮迅の活躍さね。ああ！　良い仕事をした。こんな日は友達と飲みたいもんじゃないか！　さぁ、行こうぜ」

また！　肩を叩かれる。

浅右衛門は目を瞬《しばたた》いた。

（いかん、この男といるとどうも、妙だ。調子が狂う……）

だが、最も妙なのはその〝妙な気分〟が……ちっとも嫌じゃないこと。

「おー、それそれ！」

「え？　何が？」

「その笑い顔！　いいねぇ！　しかめっ面より俺は好きだね、浅さん！」

「……別に笑っちゃいないさ」

「いーや、笑ってたよ。ほらまた！」

こんな調子。

前と同じ店で大いに飲んで、身も心も温まった同心と首打ち人だった。

今日は、勘定は折半して、外へ出る。

「山田浅右衛門様！」

途端、聞き覚えのある声が響いた。あの若侍だ。

「──大津殿か？」

「山田様！　お礼を申し上げにまいりました！」

大津一之進は深々と頭を下げた。

「ご挨拶が遅れたこと、お許しください。まずは全て片付けてからと思いました」

喜びではちきれんばかりの笑顔で、若侍は言う。

「おかげさまで全て清算できました。清算どころか！　山田様がお返しくださったあの刀のおかげで、私も姉も未だ夢心地です。予想すらしていなかった幸運を、父の刀はもたらしてくれました」

頬をバラ色に染めて、息も継がずに一之進は続ける。

「わが大津家の刀を所望した御方、お歴々の大身が、刀だけでなく私を養子として迎えたいとおっしゃるのです。これほどの名刀を所有する血筋を捨てておくわけにはいかない、私はぜひ跡取りに、姉も一緒に迎えて後見人となり、良いところへ嫁がせてくださるとのこと」

「ちょ、ちょっと、待ってください。何の話です？」

「ご返却くださった我が大津家の家宝。先祖伝来の名刀のことです。山田様にお願いした日の翌日、私が引き取りに赴くつもりでしたのに——山田様の方から届けていただいて、そのこともお礼を申し上げます。本当に忝《かたじけな》い、ありがとうございました！」

「届けた？　私が？」

「はい。お使いの方だったと聞いています。応対に出た姉が受け取りました」

自分が気づいて玄関先に出た時には、既に使者の姿はなかった、と一之進は言う。

「本当に夢のようです。刀一振りでこれほど運命が変わるとは！　また落ち着き次第、改めてご挨拶にまいります。寒い中、呼び止めまして申し訳ありませんでした。では、今日はこれにて」

「あ、一之進殿⁉」

颯爽とした足取りで去って行く大津一之進だった。一方、その場に残された浅右衛門には全く事の成り行きが理解できていない。

（これはどういうことだろう？　狐につままれるとはこのことか？）

「一体、どうなってるんだ――」

首を振った浅右衛門の目が、久馬の腰の辺りでハタと止まった。

「あーーーーっ！　あんた！　おまえ！　黒沼さんっ！」

突然の大声に、久馬は飛び上がる。

「ひぇ！　お、驚かすなよ、浅さん」

「驚かすのはあんただろう！　あんた――腰の名刀はどうした？」

「名刀って、へへっ、じゃ、アレに気づいてたのか？」

恥ずかしそうに鬢《びん》を掻く同心。首打ち人は声を荒らげた。

「当たり前だ！　俺は七代目・山田浅右衛門だぞ！　気づいたさ！」

アレは紛《まぎ》れもない、備前の名工・長船景光《おさふねかげみつ》。しかも、鍔元《つばもと》からチラリと顔を見せた竜——

〈覗き竜景光〉……〈小竜景光〉だ！

それこそ、天下一品、名刀中の名刀。普通、同心風情の佩刀としては有り得ないのだが……

否！

「あんたの腕なら、あの名刀を差していても当然と思った」

殺気を封じて微塵《みじん》も気配を感じさせない希代の遣い手！　これぞ明鏡止水《めいきょうしすい》の境地。

武士たる者の最も望むべき高み……

「それに言ったろう？　名刀は意外なところから出てくるものだと。だが、そんなことより——」

この男がこれほど取り乱すとは！　浅右衛門は久馬の黒羽織の襟を掴んで揺すぶった。

「信じられない！　まさか、本当なのか？　あ、あ、あんたが自分の刀を届けた？　な、何故だ？」

「何故と言われてもなぁ……」

久馬は空を仰いでボソッと呟いた。

「だって、おまえも、あの若侍も、困っていたじゃねぇか」

「困って……」

あまりにも単純明快な答えに、鸚鵡《オウム》のように浅右衛門は繰り返す。

「困っていた……って……あんた……」

「それに、ありゃあ、俺が下げていても何の役にも立たないからなぁ。多分一生抜くことはないだろうし」

刀の来歴は知らないが父から受け継いだ、とケロリとして同心は言った。

「俺は剣の腕が今一つなので、箔《ハク》をつけるために下げていろってさ！　だがよ、親父が信じている通りの名刀かどうかはともかく、浅さんが偽物と断定した刀よりかは役に立つんじゃないかと思って、若侍を探して——届けたのさ」

そんな理由で、簡単に自分の刀を手放す武士がいるだろうか？　呆然として未だ口がきけない首打ち人に、同心は底抜けの笑顔で付け足した。

「もう一つ、正直に言うとな、あの刀は重くってかなわねぇ。大体俺は剣術はてんで苦手でね。代わりに十手《じって》、これさ！」

朱色の房を揺らして、久馬は腰から十手を引き抜く。

「これさえあれば充分さね！　十手を扱わせたら俺は無敵だぜ！」

ここで煌《きら》めく、雪より白い閃光――

「っ？」

「危ない！」

何処が無敵なのか！

一陣の刃風が、同心の黒羽織を切り裂いた。

それが袖のみで済んだのは、浅右衛門がとっさに久馬を突き飛ばしたからだ。

斬り込んだ男は踏ん張って身を返すと、再び長脇差《ドス》を煌めかせて、久馬めがけて突っ込んで来た。

「死ねぇ！　同心！　鬼貫《おにかん》親分や兄貴たちのカタキだぁああ！」

「そういうのを――」

ヒラリ、かいくぐって、舞うように浅右衛門が身を翻《ひるがえ》す。

「逆恨みというのだ！」

抜くまでもない。刀は鞘に納めたまま、鐺《こじり》で相手の刃を払って、喉笛を突く。

「グ」

どうと倒れる襲撃者。浅右衛門は同心の身を案じて振り返った。

「大丈夫か？　黒沼さん？」

雪の地面に転がった久馬は、ゆっくりと身を起こす。

「ふぇぇ……つべてぇ！」

雪と泥に汚れたその顔を見て、思わず浅右衛門は噴き出した。

「雪の冷たさがわかる身で良かったじゃないか、久さん！」

でなきゃ今頃、この男は雪と同じくらい冷たくなっていただろう。

「――って、何が『十手《じって》を扱わせたら』だよ？　あんた、十手もてんでヘッポコじゃないか！」

これほどナマクラな武士を見たことがない。こんな輩に自分は背後を突かれたり、腕を取られたり、肩を叩かれたりしたのか？

「アブねぇアブねぇ、鬼貫の仲間は今日、全員ひっ捕らえたと思ったが――まだ逃げていた子分がいたんだな？」

白目を剥いて伸びている押し込み団の残党を覗き込んで、久馬は言った。

「とりあえず一番近い番屋へ放り込むとするか。後は頼りになる松兵衛親分に任せるとして、俺たちは……」

満面の笑みを浅右衛門に向ける。

「飲み直そう！　せっかく温まったのにダイナシだ。体の芯まで冷えちまったよな、浅さん？」

「――」

真っ白な雪がさっきの立ち回りで踏みつけられてドロドロになっていた。それを見つめる浅右衛門は、何故か明るい気分になっている。

雪の白は死装束の白。俺はずっとこの白を見つめて生きてきたのだが。

その白を押し流す黒い水の方が、遥かに温かいのかもしれないな。

唐突に一句、思い出した。

「〈この雪に　馬鹿者どもの　足の跡〉……か」

まさにこれこそ……

卍

「というわけだ」

話し終えて、首打ち人は微笑んだ。

「おっと、別にもう一句、ピッタリな川柳があるぞ。〈人間万事　様々の馬鹿をする〉ってな。以来、ずっと、俺は馬鹿なことに付き合わされている……」

「こりゃ初耳だったな！　俺たちが知り合った時、浅さんがそういう卜占《ぼくせん》を授かっていたとは！」

聞き終わった久馬は真顔で叫んだ。

「よし！　そんな話を知ったからには見過ごせねぇや！　俺も豆売りに占ってもらおう。『江戸中で誰がイッチ、俺に惚れてるか？』……」

「あっしも！　『一体いつ頃、大作家になれるのか？』、あっしはそれが知りてぇや」

「これ、同心様が先だよ、キノコ」

「こんな時まで上役面？　ヒデェや、黒沼の旦那！」

豆売りめがけて駆け出す久馬を、浅右衛門は笑いながら見ていた。

（何故、俺がこの男の殺気を感じ取れなかったのか？）

その理由を、今はもう知っている。

ないからだ。

そう、そんなもの――およそ殺気などという殺伐たるもの、あいつは纏っていなかった。

（フフ、きっと、これからも……）

突然、空《から》っ風が吹いて同心の黒羽織の袖をはためかす。ここでハッとした。

待てよ。

黒沼久馬……黒沼？

沼という字は……サンズイ……つまり川。そのそばに……刀と口……

黒い沼……闇色の激流とは……

「おまえのことだ！」

辻に立つ豆売りはいつ見ても同じに見える。そんな尼装束の美人がニヤリとしたように浅右衛門には思えた。


——災難の相が出ております。

黒い激流に巻き込まれぬよう、くれぐれもご用心！


「もう、遅ぇや！」

以下、蛇足ながら。

南町配下定廻り《じょうまわ》同心の黒沼久馬が大津一之進に譲った〈小竜景光〉は維新後、長らく幕府の御様御用を務めた山田家から明治天皇に献上されたと、記録に残されている。楠木正成《くすのきまさしげ》の佩刀と伝わるこの名刀を、一体どのような経緯で山田家が取り戻すに至ったのか？　それについては記された文献が残っていないため、未だに詳細は謎のままだ。甚だ残念なことである。

火鼠《ひねずみ》の皮衣《かわごろも》

〈一〉

ドンドンドン……

門扉を激しく叩く音。そのせいで、さっきまで優しく揺れていた庭の合歓《ねむ》の花まで騒《ざわ》めき出した。

続いて、キノコこと竹太郎、またの名は戯作者《げさくしゃ》見習い・朽木思惟竹の声が響く。

「山田様！　山田様！　どうか、至急、お越しください！」

言うまでもない、南町奉行所配下の定廻《じょうまわ》り同心・黒沼久馬の使いである。

天保七年（一八三六）、季節は夏の六月。浅右衛門はちょうど昼餉《ひるげ》の最中だった。

「何だえ？　何があった、竹さん？」

「それが大変なんです！　これはもう山田様抜きにはにっちもさっちもいかねぇ。ザックリ言うと――閉ざされた座敷で何人もが同じ膳を食しながら、たった一人だけ毒殺された……奇妙《けぶ》な話でござんしょ？」

日本橋堀留町、呉服屋の〈伏見屋〉で、その惨劇は起こった。

絶命した清右衛門《せいえもん》は江戸でも屈指の、大店《おおだな》の主《あるじ》である。

伏見屋は角地を占める堂々たる店構えだ。その豪壮な本宅と渡り廊下で繋がった二間続きの離れの前室、十二畳の座敷が物凄いことになっていた。足を踏み入れた刹那、首打ち人・山田浅右衛門も息を呑んだ。

「……！」

膳が散乱して、皿や瓶子がひっくり返っている。料理は飛び散り、酒か汁物か、畳にはねっとりと染みが広がっていた。それを拭き取ろうとしたのだろう、雑巾の白さが虚しく目を刺す。

「おう、よく来てくれた、こっちでぃ、浅さん、キノコ——」

友、黒沼久馬の声はもう一つ奥の部屋から響いてきた。乱れたその十二畳間を突っ切って、次の八畳へ入る。そこに伏見屋の主・清右衛門の骸《むくろ》があった。

断末魔の苦悶がそのまま凝り固まった顔に、くねって引き攣った両腕、両足。激しくのたうち回ったのか、衣服も乱れて襟元は胸まではだけている。

「こりゃひでえ……」

「むごいこった。春庵センセイの診立《みた》てでは、死因は毒だとさ」

春庵にはとりあえず清右衛門の膳の中のものを調べてもらっている、と言ってから、久馬は一段声を低くした。

「今日は昼四つから、この離れでごく親しい者だけを集めて特別の宴が設けられていたと思いねぇ」

清右衛門はそこで娘、さわの婿《むこ》の名を発表するつもりだったのだ。

伏見屋清右衛門は、十六年前、堀留小町と謳われた筆屋の娘・ときと大恋愛の末に結ばれた。この恋女房が、一人娘のさわを産み落として亡くなった後、遂に後添《のちぞ》えはもらわなかった。一人娘のさわを掌中の珠と大切に育て上げ、晴れて今日、婿となる者の披露の日を迎えたのである。

だが、その名を告げる機会は訪れなかった。まずは皆様、お喉を湿らせてお口汚しの料理などお摘みになって、ごゆるりとなさってくだされ……そんな挨拶の言葉を述べて自らも杯を干した後、暫《しば》し和やかな時間が過ぎ、突如、喉を押さえた清右衛門。

『ぐ』

目を剥き、体を震わせて苦しみ出す。駆け寄った手代や客たちを突き飛ばし、よろけつつ奥の間へ向かうと、悶《もだ》え苦しんで転がり回り、そして息を引き取った——

なるほど。見回すと書棚が倒れ、書物が畳に散乱している。

「……?」

ここで浅右衛門は気づいた。倒れているのは縁《えん》に近い書棚だけだ。

ペルシア絨毯を敷いた床。壁二面に隙間なく棚が設《しつら》えてある。棚の前には西洋風の豪奢な楕円の卓と、椅子が二脚。

「何なんだ、この部屋?」

「気づいたかえ、浅さん」

伏見屋清右衛門は〈粋人〉を通り越して〈酔狂人〉と江戸っ子に囁かれていた。骨董道楽で有名だったのだ。恋女房を亡くして以来、再婚もせず女遊びもしなかった代わりに、若い時分から熱中していた摩訶不思議な細工物や道具類の収集に一層のめり込んだ。

「あっしも伏見屋さんの収集品のことは噂には聞いていたが……うへぇ！　直《じか》に目にするのは初めてだぜ」

キノコこと竹太郎が、小鬢《こびん》を掻きながら浅右衛門に尋ねた。

「こりゃ、どういう代物《しろもの》なんです?　山田様?」

山田家は代々、咎人《とがにん》の首を斬り落とすことを裏家業としてきた。正式な仕官はせず、表向きの〝本業〟は御様御用――これは刀剣の切れ味を吟味する、所謂《いわゆる》、刀剣鑑定士だ。従って、モノをみる〈目利き〉の才にも定評があった。

だが、棚に並んだ物品は、一目見ただけでは浅右衛門にも何だかわからない。まさに得体の知れない奇妙奇天烈《きみょうきてれつ》な品々だった。

「この部屋は後で、改めて検分するさね。それより、先にぜひとも検《あらた》めてもらいてぇものがある。これさ」

首打ち人を見つめる同心のその眼差しは、例によって――

(やれやれ、ひな鳥が親鳥を見る目をしてやがる)

浅右衛門は苦笑したが、こちらもいつものように黙って頷くと、傍らに膝をついた。

「ほら、仏さん、何か握っているだろう?」

朱房を揺らして、定廻《じょうまわ》り同心は十手《じって》で屍骸《しがい》の右手を突いて見せた。

「俺ぁ無骨者だ。粗相《そそう》すると取り返しがつかない。浅さん、見てくんねぇ」

浅右衛門が慎重に清右衛門の拳を押し開く。清右衛門が握っていたもの、それは書物から破り取った紙片だった。

「むむ、毒が回って苦し紛れにちぎり取ったのかな?」

「いや、何か意味があるのかもしれない」

浅右衛門は紙片を広げて、そこに書かれている文字を読み上げる。

「……火鼠《ひねずみ》の皮衣《かわごろも》」

「な？　ひねずみのかわごろも？」

「へえ？　そりゃ、竹取物語から破り取ったんだな」

本業は戯作者《げさくしゃ》だと言い張っている竹太郎が、散乱する書物に目をやって呟いた。流石に本のことには詳しい。片や、久馬はわけがわからぬとばかり、あんぐりと口を開けているので、浅右衛門が教えてやった。

「火鼠とは中国の怪物の一種さ。火山の猛火の中に住んでいるとか。火の中では体が赤く、外に出ると白くなる。水を掛けると死んでしまうとも言うな。一尺もある大鼠で、長い毛は絹糸より細くて美しい。この毛で織った布が〈火鼠の皮衣〉なのさ。火の中に投げ入れても燃えず、汚れても火に入れれば真っ白に再生する不思議な布だそうだ。わかったかい？」

「……わかったような、わからないような」

とはいえ、南町定廻り同心は気を取り直して十手を腰にブッ込み、立ち上がる。

「さて、浅さん、ご覧の通りこの離れの二間とも、事が起こってから一切触っちゃあいねぇ。招かれていた客人は、全員別室に留めてある」

山田浅右衛門は褒めた。

「やるじゃねぇか、久さん。初動の手際が鮮やかだねぇ」

「へへん、と威張りてぇところだが、俺の手柄じゃねぇ。文字梅のおかげでぇ」

「お師匠さんの？」

首を傾げた浅右衛門に竹太郎が言い添える。

「そう、姉貴がさ、いたんでさぁ、この宴席に」

さても、今日の伏見屋の招待客の中に常磐津《ときわず》の師匠・文字梅がいたのだ。

このお師匠さん、御用聞き〈曲木の松〉こと松兵衛親分の娘で竹太郎の姉にあたる。気風《きっぷ》といい度胸といい、申し分なく、松兵衛があいつに継がせたかったと酒を飲むたび愚痴る逸材なのだ。もちろん、色香は言うに及ばず、絵師から浮世絵に描かせてくれと声をかけられる別嬪《べっぴん》である。

さっそく、三人は文字梅が機転を利かせて留め置いた、本宅の一室にいる客人たちに会いに行くことにした。

〈二〉


襖《ふすま》を開けると一斉に蒼白の顔がこちらを見た。

竹太郎が一人一人名を告げて行く。

「清右衛門の暖簾《のれんわ》分けした弟・吉右衛門《きちえもん》さん、隠居の兄・源右衛門《げんえもん》さん。向こう三人が娘の婿《むこ》候補だった若旦那たちで、順に、太物問屋の福次郎《ふくじろう》さん、紙屋の弥二郎《やじろう》さん、袋物問屋の寿三郎《じゅさぶろう》さん。それから、骨董屋敷島《しきしま》屋の主《あるじ》・伝兵衛《でんべえ》さん、同じく骨董屋唐物《からもの》屋の主・与兵衛《よへえ》さん、碁敵《ごがたき》の知人、慶次《けいじ》さん……」

いずれも殺された伏見屋清右衛門が日頃懇意《こんい》にしている人たちだ。

「踊りの師匠の藤間鈴奴《ふじますずやっこ》さんと、常磐津の師匠の文字梅……」

常磐津は清右衛門とさわが、踊りはさわが習っていた。

「それから、ばあやのとめさん、娘さんのさわさん。手代の仙吉《せんきち》――以上でござんす」

当然のことながら、皆、呆然自失の体《てい》だった。娘とばあやは抱き合って啜《すす》り泣いている。

十手《じって》を肩に、ずいっと中央へ進み出て久馬は言った。

「皆、動転してるのはわかる。一刻も早くこんな恐ろしい場所から解放されたい、家に帰してもらいてぇと思っているだろう。だが、清右衛門さんをあんなむごい目に遭わせた下手人を捕らえるためだ。もう暫《しばら》く辛抱してほしい。ここに――私の友人の山田浅右衛門殿も駆けつけてくれた。改めて一部始終を詳しく聞かせてくれ。いってぇあの部屋で何があったのか？」

「何がも何も――」

弟の吉右衛門が代表して語ってくれた。年の頃は三十代。まだ青年の風貌で物腰もきびきびしている。話の内容は、先刻久馬が浅右衛門に話したのとほぼ同じだった。清右衛門は婿《むこ》の名を告げる前にいきなり苦しみ出した……皆の介抱も虚しく、転げ回ってあっという間に息を引き取った……

「介抱したと言うが、そこのところ、もうちぃっと詳しく教えてくれ」

浅右衛門が訊く。

「はい。最初に駆け寄ったのは、確か――」

「私です」

声を上げたのは手代の仙吉と紹介された男だ。精悍な浅黒い顔で上背もあって、一見、呉服屋の手代には見えない。どちらかというと河並《かわなみ》――材木人足のようだ。力も強そうだから掛け金の集金や護衛には向いているだろう。

「旦那様は酷く苦しまれて、抱き起こした私を突き倒し、よろけながらも奥の部屋へ入って行ったのです。私はすぐ起き上がって旦那様を追いかけました」

「おまえが抱き起こした時、清右衛門は何か、言葉を発したりはしなかったかえ？」

浅右衛門の問いに、手代は悲し気に首を横に振った。

「いえ、何も」

「奥の間での清右衛門の様子はどんなだった？」

「私と一緒に、吉右衛門様、源右衛門様が旦那様を追って奥の間へ入りました。続いて骨董屋さんたちや若旦那衆も入り乱れて部屋へ入ってきた時には、旦那様は書棚に倒れ掛かって書物をまき散らしていました」

「それはもう恐ろしい形相で――」

両目に涙を滲ませ震えながらやっと一言口にしたのが、兄の源右衛門だ。歳は五十代か。宗匠《そうしょう》頭巾を被っていて、茶人か俳諧の師匠に見える。庇うように弟の吉右衛門が言葉を継いだ。

「私や長兄は、追っては行きましたが、もはや近づけなかった。兄はそれこそ、狂乱の体《てい》で、床に散乱した書籍の上をのたうち回っていました」

「ここにいる全員の身体検《あらた》めは終わっていやす」

竹太郎が胸を張って言う。これも、姉、文字梅のお手柄だったのだが。

文字梅は清右衛門が絶命してから、即座に渡り廊下に通じる十二畳間の襖《ふすま》を閉め、その前へ立って客たちを一人も、そして一歩も、離れの部屋から出さなかったそうだ。

そうして襖越しに大番頭を呼び、番屋と実家へ人を走らせた。ご用の役人が到着するまでの間に、客全ての身体検めも行ったが、毒を入れた容器など、怪しい物を身の内に隠していた人物はいなかった――

ここまで聞き終えると、久馬は改めて一同を見回して確認した。

「で、ここにいる皆は体に異常はないんだな？」

一斉に十三の首が縦に振られる。

同じ料理を飲食していながら、清右衛門以外、毒に当たった人間はいなかった。

これはどう解釈するべきだろう？

だが、今はまだ結論を急ぐべきではない。

客人たちは引き続きその部屋に残し、次は台所へ。膳を用意した女中たちに話を聞くことにした。

煙り出しのついた高い天井、土間には漆喰のかまどが三つも並んでいる。一段上がって、囲炉裏《いろり》を切ってある広い板敷の間《ま》は店の者の食事場所でもあった。その板場で女中以下、下働きの者たちは固まって震えている。証言を求めたところ、顔を上げて女中頭のトラが答えた。

「はい。今日の料理は全て八百善《やおぜん》さんから取り寄せました。お酒はこちらで用意し、注ぎ分けて燗をしています」

並んでいる一升瓶を覗き込んで唸る久馬。

「ほう、酒は山家の隅田川かえ？　流石、伏見屋。いい酒を飲んでいるな！」

「仕出しに八百善さんを使ったのは旦那様のご要望です」

ここで店の方から駆けつけた大番頭が言葉を添えた。伊助《いすけ》と名乗ったその大番頭に、すかさず久馬が訊く。

「伊助さん、おめぇは宴に出ずにどうしていたんだえ？」

「私はお店を任されていました」

伏見屋には大番頭以下、中番頭、小番頭と計三人、手代が四人、その他に小僧が五人いる。全員、店先で忙しく働いていた、と伊助は言った。

皿も含めて、料理はお江戸で名高い山谷《さんや》の八百善の仕出しだ。お膳と酒瓶と盃は伏見屋のもの。料理を皿ごと膳に並べたのも、離れまで運んだのも女中たちだった。その際、この膳を何処へなどと特に意識はしなかったとか。

「では、やはり、料理に一つだけ毒が入っていて、それが偶然、主《あるじ》の清右衛門に当たったってことだな」

「まぁ、待て、久さん。慌てちゃあならねぇ。毒が料理の何処に入っていたか、そして、いつ入れられたのか、そこのところもまだわからねぇんだろう？」

「ったく、謎だらけだぜ」

とにもかくにも言えるのは、台所の女中たち五人、下働きの女衆三人、男衆二人のほぼ全員が古くから雇っている、身元のしっかりした者であるということ。下働きの一人は最近雇った小娘だが、これも身元は口入屋が保証している。また、誰にも毒など入手する術《すべ》はなさそうだった。

浅右衛門は低い声で呟く。

「久さん、こうなると料理を提供した八百善も調べてみる必要があるな。料理人はもちろん、配送人たちにも話を聞かねば……」

「ううむ、江戸で一、二の人気を誇る料理屋に毒使いがいるなどと俺は信じたくないぜ」

「まったく、親父がいない時に限って厄介な騒動が起きゃがる」

しきりにぼやく竹太郎だった。説明が遅れたが、今回の松兵衛親分の不在は病気ではなく、お伊勢参りである。松兵衛の町内のお伊勢講《いせこう》で籤《くじ》が当たり、代表してお伊勢行きとなったのだ。

このお伊勢講、江戸で流行《はや》った無尽講《むじんこう》の一つ。皆で金を出し合い、籤でその年の伊勢参り人を決め、当選者は仲間を代表して参拝する。一回籤が当たった者は以後、籤は引かない。こうして最終的に講の参加者全員、伊勢参りができる……という仕組みだ。この当時、江戸から伊勢までは十五日かかった。参拝の日にちを入れると、優に一ヶ月以上の旅となる。

「そうかい？　その点なら俺は平気だぜ？　何しろ松親分とおんなじくらい、文字梅やおめぇを頼りにしてるからなぁ」

「ちぇ、上手いこと言いやがって。ヘソで茶が沸くぜ」

言葉とは裏腹に、竹太郎、久馬の物言いがまんざらでもなさそうである。

「もちろん、あんたをいっち頼りにしてるがよ、浅さん！」

そらきた。この人誑《ひとたら》しめ。

「で、これからどうしたらいい、浅さん？」

「そう、部屋に留め置いている客人たちも、どうしやす？　もう解放してもいいですかい？」

「そういうことなら——ひとまず客人は帰していいだろう。身元はわかっているのだから、必要なら改めて話を訊くさ。亡骸《なきがら》も番屋へ運んで構わない」

そう言った後で浅右衛門は、付け足した。

「但《ただ》し、骨董屋の二人は残して、あの部屋の収集品についてもう少し詳しく説明してもらいたいな」

同心と首打ち人は今一度、惨劇の場所、離れへ戻った。

〈三〉

番屋の手先たちが清右衛門の亡骸を運び出したのと入れ違いに、竹太郎が骨董屋の二人を離れへ連れて来た。

「ん？」

　店主二人の他にもう一人いる。清右衛門の知人で、慶次と紹介された青年だ。髪は総髪、着流し姿で一見武家のようだが刀は差していない。どういう間柄なのか、取り扱い方を久馬も浅右衛門もちょっと決めかねていた人物だ。

　同心の怪訝そうな顔を見て、先に骨董屋たちが口を開いた。

「こちら、慶次さんの方が最近は私どもより伏見屋さんに重宝がられておいででしたから、一緒に来てもらいました」

「そうですよ。最近のご用立てはほとんど慶次さんが一手に引き受けておいでで、私どもは商売あがったりでございます」

　何やら言葉に含むところがある。一方、若者は落ち着いた声で言った。

「私は清右衛門さんとはこの春、たまたま知り合って、時々碁のお相手をさせていただいていました」

　年齢は二十前後だろう。色白で切れ長の目。役者にしたいような男振りである。

「ご覧の通りの軽輩者。身軽なので出色《しゅっしょく》の道具があると、清右衛門さんの代わりに御使いの真似事をさせていただいていただけで、私が売ったとか商売していたとか、そういうわけではありません」

　久馬は深く詮索しなかった。フゥンと頷いて、店主たちに向き直る。

「じゃあ、頼むぜ、皆さん。ここに並んでいる物について詳しく教えてくれ」

棚の品々は……

怪しげな天神様の掛け軸、タルモメイトル——寒温計、エレキテルの小箱、万歩計、磁針器……無尽灯、艾《いぐさ》点火機、懐中筆……陶器類もいくつかある。

奇石、珍石も並んでいた。

「金、銀、銅、緑青《ろくしょう》、磁石、このくらいまでは俺にもわかるがよ」

久馬が唸る。こんなイシコロ、何の価値があるのやら。

「ミョウバン、たんぱん、これは、かんすい石だろうか？」

久馬を引き継いで石の名を口にしていった浅右衛門もお手上げのようで、しきりに首を傾げている。

表装して壁に飾られているのがまた奇妙奇天烈《きみょうきてれつ》な絵だった。〈蔗《サトウキビ》を軋《しぼ》りて漿《みず》をとる図〉と記されている。

「なになに、鳩渓山人自画と読めるが？」

「ああ、それは稀覯《きこう》本〈物類品隲《ぶつるいひんしつ》〉から切り取ったものでしょう」

「こちらの掛軸は南蘋《なんぴん》派の宋紫石《そうしせき》の絵です」

骨董屋の説明に、浅右衛門が相槌《あいづち》を打った。

「ほう！　宋紫石と言えば〈産物図絵〉の挿絵《さしえ》を手がけた絵師ですね？　西洋の〈ヨンストン動物図譜〉も模写している？」

「ほえー、流石、浅さんだね！　俺なんざ名を言われてもさっぱりでぇ！　絵も道具も何が何やら見当もつかねぇ。やたらめったら珍しいもんだってぇのはわかるがよ」

驚嘆するばかりの久馬、改めて腕を組むと骨董屋たちの顔を順番に眺める。

「で、この部屋の物は全部、おまえさんたちが売ったものかえ？」

それぞれ棚の一部を示して、まず敷島屋が答えた。

「あの〈伊賀七のからくり人形〉は私の父が生前お売りしたモノです。それから、明珍《みょうちん》宗清《むねきよ》の自在置物は全て私が納めさせていただきました。ご覧ください、あの明珍《ちん》派の伊勢海老なんて、生きているようでしょう？　触角や足まで自在に動くんですよ！」

続いて唐物屋が答える。

「これとこれ、万年時計や無尽灯は、ウチですね。この無尽灯はいつまでも灯油が燃え続ける摩訶不思議な道具です」

それから骨董屋二人は、口々に言い張った。

「最近の品々はほとんど慶次さんが調達してきたものでございます」

「慶次さんは清右衛門さんにソリャア気に入られておいでだから。私どもはめっきりお声がかからなくなりました」

「で、どうでぇ？　収集品の中で無くなってるものはないか？　その他、気がついたことなどは？」

これには慶次も含めて、骨董屋たちも一斉に首を傾げた。

「そう言われても——」

「わかりません」

「私もわかりかねます」

伏見屋清右衛門は収集品を自分だけの楽しみとして、懇意《こんい》の骨董屋にも全てを見せたりはしなかったそうだ。普段の応対は前室の十二畳間で行った。だから正直、この八畳間へ入ったのは今日が初めてだと、骨董屋と若者は言う。

これについて大番頭を呼んで確認したが、同じ答えが返って来た。離れの奥の八畳間は普段は閉め切っていて、使用人はおろか身内さえ入れさせなかったとか。それ故《ゆえ》、こちらの部屋へ入ってこんな風に収集物をじっくり見るのは初めてだと、大番頭も同様の証言である。

「そうか、話は大体わかった。じゃあ皆さんは引き取っていいよ。ご苦労さん」

久馬の言葉に、客人三人と大番頭はお辞儀をして出て行った。

続けて同心と首打ち人と、父の代理の岡っ引きは前室十二畳間の検分に取り掛かった。

まず軒下に下げられたガラスの金魚玉が目に入る。ひいふうみぃ……全部で八個、それぞれに一匹ずつ金魚が入っていて、楽し気に泳いでいる。縁先には万年青《オモト》の鉢を並べて、涼しそうでいかにも夏にぴったりの設《しつら》えだ。

爽やかな気分で縁から室内に目を戻した三人は、文字梅が教えてくれた順に、膳の席次を確認した。床の間を背に開け放した庭に向かって主《あるじ》と娘。左側に兄・弟・ばあや・慶次・手代。右側に若旦那たちと骨董屋たち、そしてお師匠連……

「ふむ？　こうしてみると客は四種類に分けられるな」

久馬が顎を撫でながら言った。

「まずは身内の者たちだ。清右衛門の兄弟と娘、ばあやもここに入る」

ばあやのとめは、お産で亡くなった清右衛門の妻が、嫁入りの際に連れて来た女中だ。女主人亡き後、母代わりにさわを育てて来た。

「若旦那三人は婿《むこ》候補だろう。それから、趣味の骨董や道具に関わりのある者。つまり骨董屋や道具屋の店主たち二人。慶次とやらもここに属する。最後は習い事の師匠たち二人さ」

では、毒は何処から持ち込まれたのか？　どのような方法で？　誰の手で？　また、その理由は？

「招待客以外、持ち込めなかったように思えるな」

きっぱりと久馬が言い切った。

「ですが、直後の身体検《あらた》めで、それに使われたただろう怪しい容器は見つからなかったんですぜ。姉貴はきっちりしてるから、見逃すはずはねぇ」

久馬の言葉に、竹太郎は鼻を蠢《うごめ》かせた。

「俺がどんなに上手く春本《しゅんぽん》を持ち込んでも、あいつ、ぜってぇめっけやがったからな」

「……って、オイ、何を見てるんだ、浅さん？　まさかその女が絵から抜け出て毒を仕込んだとか言うんじゃないだろうな？」

久馬が巻羽織りの背を捻って振り返る。さっきから、浅右衛門は床の間に飾られた絵を凝視していた。

「――にしても、そう言われても驚かないくらい、みょうちきりんな女だが」

久馬もよく見てみようと浅右衛門の隣に立つ。

「伏見屋くらいの大店《おおだな》なら、それこそ狩野探幽《たんゆう》の掛け軸だって飾れるだろうに、何だってこんな変な絵を飾ってんだ？」

「久さん、こりゃ油絵というやつさ。西洋の絵だよ」

「西洋？」

竹太郎が目を剥いた。

「へー、てぇことは、これを書いたのは紅毛人《いじん》ですか？」

「まぁ、そうなるわな」

「ムム……西洋には切支丹伴天連《きりしたんばてれん》などという魔術があるそうじゃないか？」

真顔で言ったのは久馬だ。

「こりゃ、冗談じゃなく、ここで起こったことは全てその伴天連の幻術じゃねぇのか？　俺ぁそんな気がしてきたぜ」

「ははは、まさかな」

その西洋画の下、床板に飾られている大皿も変わっている。

「何でぇこの模様？　地図かな？」

「これは万国地図だな。外国……メリケン国の地図だと思う」

浅右衛門の返答に、久馬も目を剥いた。

「皿に万国地図たぁ剛毅じゃねぇか！　ということはこれもやっぱり舶来品か？　ほんと、変わった物好きだったんだな、伏見屋は！」

「うむ、地図が入った皿は俺も初めて見たよ。窯《かま》元は何処だろう？　明や清で焼かれた三彩の交趾焼《こうちやき》に似ている気もするが……」

図柄も個性的だが色が素晴らしい、と浅右衛門は感心した。

その焼き肌の鮮やかな緑がいつまでも首打ち人の目裏にチラチラ揺蕩《たゆた》っていた。

〈四〉

結局、毒の種類は何なのか、料理の何処に入っていたのかは、わからなかった。

とはいえ久馬はこの結果に特別がっかりはしていない。というのも、一応手順を踏んだだけで、この時代、医者の手で毒の有無や種類の判定などができるとは思われていなかったからだ。明治に至るまで、日本の歴史上に〈毒殺〉を疑われる事件は山ほどあるが、医学的に証明されたものは一つもない。下手人を捕らえてその口から白状させる以外、解決法は存在しなかった。

清右衛門の亡骸《なきがら》も型通りの検視の後、その夜の内には伏見屋へ返された。大店《おおだな》であ

る以上、名に恥じないような葬式を出さなければならない。

一夜明けて、その伏見屋の弔いの日。

久馬は浅右衛門を伴って仕出しの注文先、山谷の八百善へ出向いた。

「恐れながら同心様、毒の出所は当店《うち》ではございません」

料理人から配達人、仲居に女中、草鞋番に至る使用人全てを調べさせた上で、八百
善の主《あるじ》は自信に満ちた顔で言い切った。

「享保年間に店を始めて百有余年。うちの料理を食して頬が落ちたお客様はいらっ
しゃいますが、命を落とされたお客様はおりません」

「クソッ、上手いこと言いやがる、八百善のやつ」

伏見屋の主の変死が八百善の仕出しに入っていた毒のせいだという話は、既に江戸
中に広まっていた。その噂の的、八百善はほとぼりが冷めるまで店を休むかと思いき
や、当店の料理に毒が入るなど有り得ない、お役人様のお調べも終えた。この上は伏

見屋に葬式後の精進落としを無料《ただ》で提供する。のみならず、今日一日は来店客全てから料金はもらわない、と大々的に発表したから堪らない。この豪気な対応が江戸っ子を喜ばせ、八百善はやんやの喝采を浴びた。客足が翳《かげ》るどころか前にも増して大繁盛である。

「恐れ入谷の鬼子母神だぜ。これが商売人ってぇもんだ」

裏口から出て、店頭に連なる客を目の当たりにした久馬は舌を巻いた。そんな久馬に浅右衛門はニヤリとして囁く。

「うむ、まさに『今日ばかり　生姜《しょうが》も入り　舌鼓《したつづみ》』だな」

「こいつぁいいや、上手いぜ、浅さん！　アハハハハ」

〃生姜〃とは江戸の隠語で〃ケチん坊〃を言う。普段、八百善は高い料金で有名なので倹約家は行かなかった。浅右衛門はそれを洒落て詠んだのである。無料の今日ばかりは倹約家もやって来て料理を味わっている、と。

とまあ、老舗《しにせ》料理屋の商魂に感心しつつ、久馬と浅右衛門は、明日以降は伏見屋の離れに集《つど》った招待客の家を回って一人一人話を聞くことにした。お互い口にこそ出してはいないが、今回の毒に絡む伏見屋殺しの事件を絶対解決してやると心に決めている。こういうところ、結局二人は似ているのだ。どうやら二人は生姜ではなくて……

「『人は武士　君小粒でも　唐辛子』」

「お、そっちも中々いいじゃねぇか！」

「これは俺じゃない。一茶だよ」

「──」


翌日、まずは伏見屋を訪ねる。

だが、娘のさわは床についているとのこと。ばあやも傍を離れず看病している、と大番頭は恐縮しつつ頭を下げた。

「まあ、それも仕方ないか。父親があんなむごい死に方をして……葬式を終えてどっと疲れが出たんだろう。張りつめていた心の糸が切れちまったか」

久馬は騒動の当日、ばあやと抱き合って泣いていた娘の儚《はかな》げな姿を思い出した。

「十分休ませてやってくれ。話を聞くのは、また日を改めて出向いて来るからよ」

「手代の仙吉は使いで外へ出ておりますが、もうすぐ帰ってくるはず。お待ちになりますか？」

久馬は手を振った。

「ま、いいや。仙吉には騒動後、十分話を聞いたからな」

そういうわけで、二人が次に向かったのは分家した弟・吉右衛門のところだ。

店は日本橋村松町にあり、本家に負けず繁盛している。

兄を憎む筋合いは微塵《みじん》もない、と吉右衛門は眉を上げて言い切った。

「兄には暖簾《のれん》を分けてもらって以来、そりゃあ世話になりました。今度は私が兄に代わって一人娘のさわ坊に、責任を持って良い婿《むこ》を探してやりますよ。兄はそれだけが心残りでしょうから」

吉右衛門にも二人の息子がいるが、七歳と三歳で婿にあてがうには幼過ぎる。

「なに、店の方は伊助に任せておけば大丈夫です。あれは信頼のおける大番頭ですので」

続いて、隠居している兄の源右衛門だが、幸い源右衛門は伏見屋の葬式後、弟の吉右衛門の店に投宿していたので、自邸まで出向かず話を聞くことができた。

この源右衛門は長男であるものの、若い時から遊び人だった。先代が早い段階で見切りをつけ次男の清右衛門に家督を譲ることに決め、源右衛門には根岸に家を与えて若隠居させたのだ。しかし、当人はそれを恨みに思っている様子はなく、却《かえ》って気ままな暮らしを送れたと、父や弟に心から感謝している様子だった。

「私には商売は向きませんからねぇ。なまじ家業を継いで働き通しの人生……骨董しか楽しみのなかった清右衛門が憐れでなりません。どうか一日も早く毒使いを捕まえてやっておくんなさい、同心様」

骨董屋の敷島屋は米沢町、唐物屋は富沢町にあり、どちらも中々立派な店構えだ。だが、清右衛門の収集棚の前で聞いたこと以上の話を聞くことはできなかった。それに、いくらなんでも最近贔屓にされないからと顧客を毒殺する店主はいないだろう。続けて三人の若旦那の店と踊りの師匠の住まいも回った。柳島、中之郷瓦町、最後は向島というところで本石町の時の鐘が昼九つを告げる。

「やっぱ向島といえば鯉だなぁ！　さあ、どんどん食ってくれよ、浅さん。何しろ、いつも世話になりっぱなしだ。これから先のためにも、浅さんには精をつけてもらわねぇとな！」

さんざん歩き回らせたお礼にと、昼食に南町奉行所定廻《じょうまわ》り同心が引っ張って入った〈平石屋〉は、向島の三囲《みめぐり》稲荷の隣にある、鯉料理で有名な店だ。その湯気の立つ鯉濃《こいこく》を前に、腕を組んで座る浅右衛門だった。鯉濃とは筒切りにした鯉を味噌で煮込んだ料理だ。暑い時に熱いものを食すのもまた乙なものである。

「鯉なぁ……恋といやぁ、俺ぁてっきり今度の騒動は婿《むこ》選びのセンかと思ったんだが……」

活きの良い鯉の洗いを口いっぱいに頬張りながら、久馬が首を傾げた。

「というと？」

「清右衛門が握っていた紙片だよ」

「あの、何とか鼠の皮かえ？」

「火鼠《ひねずみ》の皮衣《かわごろも》さ。竹さんも言ってたが、あの文言は竹取物語の……細かく言うと、かぐや姫の婿選びの場面に出て来るんだ」

豪放磊落《ごうほうらいらく》で古典はからっきしダメな友のために、首打ち人は解説してやった。

「月の住人であるかぐや姫は求婚者にわざと難題を出して、結婚を諦めさせるのよ。望んだ通りのお宝を持って来た者を婿にすると約束するのだが、これらは入手困難な品なのさ。火鼠の皮衣の他には……」

仏の御石の鉢、蓬莱《ほうらい》の玉の枝、龍の首の五色の玉、燕の子安貝……

「それらはいずれもこの世に存在しない珍品だ。だとすれば、今回の場合も、清右衛門が死ぬ間際に伝えたかったのは有り得ないモノのことじゃなくて……」

「つまり、こうか？　モノじゃなく場面――婿候補。婿の中に自分をこんな目に遭わせたやつがいる。それをあのちぎった紙片で教えたかったのだと？」

だが、今日の午前中に会って来た婿候補の三人の若旦那たちはどれもハズレ――恋のために人なんぞ殺すような胆力を持っているようには見えない。皆、大店《おおだな》で苦労なく育った心優しき次男坊、三男坊たちだった。

太物問屋の福次郎。

『ええ、さわちゃんのことは大好きです。なんたって母親譲りの堀留小町って評判ですからね』

紙屋の弥二郎。

『あんな器量良しの婿になれたなら今生の幸せです。床の間に飾って一生大切にしますっ』

袋物問屋の寿三郎。

『でも、選ばれなかったらその時はその時で諦めますよ。それに――』

「全員揃って『毒殺なんてことがあった家じゃ、おっかなくって夜、ハバカリにも行けません』ときやがった！」

思い出して呆れ果てる久馬だった。浅右衛門も溜息を吐く。

「やはり、紙片《アレ》は、毒が回った清右衛門が苦し紛れに引きちぎったってことかねぇ」

「黒沼の旦那！」

ここで襖《ふすま》を開けて勢い良く飛び込んで来たのは、竹太郎である。


〈五〉


「おう、どうした、キノコ、よく俺たちがここに居るってわかったな？」

「そんなの、簡単への河童。黒沼の旦那と山田様の道行きは今や江戸名物ですからね！　何処そこを歩いて、どっちへ行ったたって、皆がすぐ教えてくれまさぁ」

「なんでぇ、キノコ。おまえ、ホレボレするくらい岡っ引きが板についちまったじゃねぇか？」

「チッ、からかうのはやめておくんなさい。俺の本職は戯作者《げさくしゃ》でさぁ。これはあくまで急場の奉公、助太刀です」

心底嫌そうな顔をして竹太郎は手を振った。

「板につくのは蒲鉾《かまぼこ》だけでいいとくらぁ。おっと、そんなことより面白いネタがありますぜ」

そこは抜かりなく、久馬はこの竹太郎をずっと伏見屋に張りつかせて探らせていたのだ。

「伏見屋の手代と娘がね、派手に言い争いをしている現場を目撃したんでさ」

「ほう？　そりゃいつの話だ？」

「さっきでさ。だから、採れ立て、旦那の食ってる洗い並みに新鮮ですぜ」

ちょっと意外な気がした。伏見屋の娘は疲れが出て寝付いているのではなかったのか？

「まあ、いいや。話してくれ」

竹太郎が語り出す。

伏見屋の蔵の陰で――

──お嬢さん、この通り頼みます。
後生ですから金輪際《こんりんざい》、慶次さんとは会わないと誓ってください。
旦那様もあんなことになったんだ。
もうこれ以上、あの野郎をこの伏見屋に近づけちゃあなりません。

──そ、それはどういう意味だい？
仙吉、おまえ、よもや慶次さんを疑っているんじゃあるまいね？

──……

──な、何か手証でもあるのかえ？
もしあるなら今、ここではっきり、私に言ってごらんよ？

──いえ、手証とかそんなことじゃなく……
あいつはハナから得体の知れない男だ。
お嬢さんみたいな人が相手にする類《たぐい》の人間じゃござんせん。

——大した口をおききだねえ、仙吉？
いつから私に説教できる身分になったんだい？
おまえこそ、何処の馬の骨とも知れない捨て子の分際で。
酔狂なお父っつぁんが拾ってやらなかったら、野垂れ死にしてたくせに。

——お嬢さん……

——私に命令するのはよしとくれ！　私が誰と会おうと私の勝手だよ！

——お嬢さん、私はどんなことを言われても構いません。
実際、私が今日あるのは拾っていただいた旦那様のおかげですから。
だからこそ、恩返しのつもりで耳に痛いことも言わせていただきます。
あの男はいけません。お嬢さんを幸せにはしてくれません。
どうか、わかってください。私は、お嬢さんの身を案じているんです。
ただただ、お嬢さんのことだけを……

「なるほどな！　こいつぁ迂闊《うかつ》だった！」

浅右衛門がポンと膝を叩いた。

「あの宴に大番頭ではなく手代が座っていたことで気づくべきだった！」

「何がだい？」

「手代の仙吉も婿《むこ》候補だったんだ！　だから、昼間のあの宴席にいたんだ」

「うんにゃ、だが、お嬢さんは嫌ってるようだな。今の会話を聞く限りじゃあ、むしろ、さわは慶次にホの字みたいだが？」

「そこさ！」

竹太郎、腰を浮かして威勢良く続ける。

「ちゃちゃっと調べましたよ。慶次が伏見屋に出入りするきっかけも、さわ絡みだとか。この春、店を挙げて繰り出した花見の飛鳥山《あすかやま》。その時、お嬢さんが遊び人に絡まれたのを、あの慶次が助けたそうでさぁ。以来、お嬢さんの方は、纏うは〈火鼠《ひねずみ》の皮衣《かわごろも》〉ならぬ〈恋衣《こいごろも》〉さね。♪ゆるしなき　色とは知れど　恋衣　濃き紅に　一人そめつつ――まぁ、燃え盛る恋の焔に水をかけられたら死んじまうのは、恋する娘も火鼠も一緒だが」

「上手いこと言うじゃねぇか、キノコ。なのに、どうして戯作《ほん》が売れないかねぇ」

「ぐ」

「黒沼の旦那！」

ここでまた襖《ふすま》が勢い良く開いて、飛び込んで来たのは文字梅だった。

「おお、おお、流石は姉弟、おまえさん方、飛び込み方がおんなじだねぇ！」

「よしとくれ、私がこんなアオビョウタンと似ているものかね」

サッと袖を一振りするお師匠。薄墨の氷割文様の単衣《ひとえ》に紹《ろ》つづれの帯を結って、今日も女っぷり全開である。弟のために言っておけば、竹太郎だって姉が言うほど悪くない。海老蔵並みに着こなした弁慶縞を尻端折《しりはしょ》った粋な目明《めあか》し姿に、恋衣を染める町娘も少なくないはずだ。

「それより――興味深いものを見たんです。これはぜひ、黒沼様にお伝えしなくてはと思いましてね」

「おう、興味深いと言えば……藤間鈴奴師匠な、俺もさ、今日の昼、こうして向島まで訪ねて来たんだがよ。ふふ、あの師匠の人気の高さがよぉくわかったよ。項《うなじ》なんてこうスーッと細くってさ。『八丁堀の旦那、私はなぁんにも知りゃしません。毒なんて触ったこともありませんのさ』と来た」

何を思い出しているのか、久馬はうっとりと目を細める。

「なんだね、あのお師匠、この界隈じゃあ長命寺の弁天様の生まれ変わりって噂されてるらしいが、俺も信じるね！」

「あれ？　鈴奴師匠のところへわざわざ行ったんですか？　あの人はシロだって私がキッチリ調べて、騒動のあった日の内に旦那にお伝えしたじゃござンせんか？」

「いや、これも一応お役目なれば」

雲行きが怪しい。慌てて浅右衛門が割って入る。

「えーと、お師匠、さっきの興味深い話とやらを聞かせてくれないかナ？」

「そうでした。私、見たんですよ。四万六千日にはちょいと早いけれど、今日、浅草《せんそう》寺《じ》の観音様にお参りに行って、近くを歩いていた途中でござんした」

旧暦七月九日は観音様にお参りすると四万六千日お参りしたのと同じ功徳が得られると伝わっているのだ。境内で売られる赤トウモロコシを家の天井に吊るせば雷除けになる、とも言われている。

「なんと！　あの慶次さん——ほら、伏見屋清右衛門さんが絶命した座敷に招かれていた例の若い人がね、寺へ入って行くじゃござんせんか！　それも思い詰めた顔をして……」

「そこのナニが興味深いんでぇ？　清右衛門は亡くなったばかりだ。可愛がってもらったお礼に墓参りしてもフツーだろ？」

「慶次さんが入って行ったのは総泉寺《そうせんじ》。伏見屋さんは、同じ橋場でも福寿院《ふくじゅいん》ですよ」

「じゃ、身内の墓参りだろう？」

　文字梅はピシリと言ってのけた。

「墓のある身内なんかいるものかね。あの人は江戸の人じゃない。訛《なま》りでわかりますのさ」

　この時代、三代住まないと〈江戸っ子〉とは認められなかった。それはともかく、久馬も浅右衛門も慶次のお国言葉の訛りには全く気がついていなかった。流石、常磐津《ときわず》のお師匠だけあって耳が良い。

「ふーん、キノコが聞いた、手代とお嬢さんの会話。そして、文字梅の目にした怪しい行動。……こりゃ、どうでも午後は慶次に会いに行かねばなんねぇな」

〈六〉


その慶次の住む長屋は浅草田原町にあった。蛇骨《じゃこつ》長屋という恐ろし気な名だ。

向かう途上で、屋台やぼてふりの物売りとすれ違うのもお江戸の風景である。

リンリン戦《そよ》ぐは風鈴売り。蚊帳《かや》売りは「かや～～萌黄《もえぎ》のかや～～～」と良い声を響かせる。市松格子の屋台に籠を結わえた夏虫売り、金魚玉をキラキラ煌《きら》めかす金魚屋。担ぎ屋台の白玉屋、同じく屋台を担いでいて、格子の箱に刺した杉の葉が目印なのが心太屋《ところてんや》だ。

季節がら目に涼しいものばかり。

「いいねぇ！　やっぱ俺は――いっち金魚屋を見ると夏が来たって気になるぜ」

久馬が顔を綻ばす。

「伏見屋の離れの軒先にも吊ってあったがよ、独り者の俺でも買って帰りたくなる。ほれ、ああして金魚玉に入った綺麗なヤツを一匹……」

浅右衛門も微笑んだ。

「フフ、まさに〈硝子《びいどろ》に　金魚の命　透き通り〉だな！」

流石に金魚を買うわけにはいかないので、天秤棒の先に赤い箱と金の釜を揺らした甘酒屋を呼び止めて、喉を潤す二人だった。


「いるかえ、慶次さん――」

五軒続きの一番端が慶次の部屋だ。広い屋敷でもあるまいに、慶次は戸口へ出るまで少々時間がかかった。果たして、二人を招き入れた住まいは土間の奥に六畳間が一間あるだけだ。

部屋に上がるや、久馬は鼻をヒクつかせた。妙な匂いがする。

「すみません。絵を描いていたもので」

慶次の言葉に、立てかけてある板を見て浅右衛門が声を上げた。

「こりゃあ、油絵――西洋画だね。あ、ひょっとして、伏見屋の離れ、十二畳間の床の間に飾られていた絵は慶次さんが描いたものかい？」

慶次は一瞬戸惑った顔を浮かべる。

「いえ、あれは――あの絵は私じゃありません」

「だが、おんなじ画に見えるが」

「あの絵を参考に模写しているんです」

恥ずかしそうに若者は頬を染めた。

「伏見屋さんに飾ってある絵はホンモノです。私が探し出して持ち込んだ値打ちものですよ。だが、〝本物〟でなくてもいいから、油絵が欲しいという趣味人がお江戸には多い。だから、本物を見た私が見よう見まねで写し取って――売っているんです。もちろん、値は安いですけれど、これも生活のためですから」

「おまえさんは最近、清右衛門さんに贔屓《ひいき》にされてたそうじゃねぇか。いっぺぇ金を稼いだんじゃないのか？」

同心の問いに、慶次はさっと首を横に振る。

「骨董屋さんたちの前でも話しましたが、私は清右衛門さんが望む品を探し出すことを請け負っていたに過ぎません。正確な意味で骨董屋とか道具屋じゃあないんです」

最近、たまたま希望通りの品をいくつか見つけて、それを納めて清右衛門を喜ばすことができただけだと慶次は語った。

「所謂《いわゆる》〈何でも屋〉なんです。でも、滅多に望む通りのお宝なんぞは見つかりませんから、こうやって望まれれば西洋の真似絵も描くし、居なくなった猫を探したりもします」

「じゃ、ぜひとも火鼠《ひねずみ》も探してもらいてぇもんだぜ」

「え？」

「いや、こっちの話さ。なるほどねぇ」

見回すと、狭い部屋中に色々置いてあった。コマゴマした道具類、奇石や焼き物、果ては縁起物の破魔矢まで。

「――」

陶器の角皿を手に取って、浅右衛門はじっと見入った。この鮮烈な緑には見覚えがある。伏見屋の離れの床の間に飾られていた大皿と同じ色だ。向こうは全面この緑で、万国地図の模様が描かれていた。こちらは平皿で中央の絵柄は染付だ。

「ほう、この図柄……樹下人物像だね、いいねぇ」

「貴方様は御様御用人の山田浅右衛門様と伺いました」

慶次は嬉しそうに言った。

「流石、御目が高い。その器は鈴木春信《すずきはるのぶ》の工房で木型を作ったと伝わっています」

「ほう？　明和の頃の大浮世絵師、あの春信かい？　初めて見た。で――これは何焼きと言うんだい？」

「お気に召しましたか？　滅多に出回らない珍しいものですよ。そう、平賀焼《ひらがや》きと申します」

「ひらが……やき……」

浅右衛門は鸚鵡《オウム》返しに口の中で呟いた。何だろう？　何かを思い出しそうになる。

「ん？」

その横にもう一つ小鉢があった。こちらも伏見屋にあった万国地図皿と同じ雰囲気だ。全面鮮烈な緑色で、一筆加えた赤がよく映えている。よく見ると、模様ではなく、赤は生きた金魚だった。

慶次は金魚屋がくれるガラスの容器ではなく、こんな焼き物で金魚を飼っているのか。こういう小粋なところが趣味人の清右衛門に気に入られた一因かもしれない、と浅右衛門は思った。

一方、久馬は珍奇な道具類が気になるようだ。

「へえ！　ここにあるのはどれも清右衛門の棚で見たような気がするが……」

「ああ、それら細工物も清右衛門さんが持っているものが本物です。こちらのは、向こうの品を参考に私が作ったものです」

「ほう？　よっぽど器用なんだね、慶次さんは」

一通り見終わってから久馬は腰を下ろした。浅右衛門も静かに隣に座る。

「なにね、俺たちは伏見屋毒死《どくじ》にの件で、あの日、離れに集っていた一人一人に改めて話を聞いて回ってるのさ。慶次さんも、あの騒動があった日、伏見屋にいつ頃やって来て、帰ったのか、その辺りを詳しく教えてくれねえか」

「私があの離れに入ったのは五つ半でした。既に若旦那たちが座っていまして、お嬢さんとばあやさんもいたな」

「てことは、座敷には膳はもう並べられていた？」

「はい、暫《しばら》く皆さんに挨拶したりしているうちに他の人たちもやって来た……こんなところでしょうか？　清右衛門さんは手代と一緒に、最後に部屋へ入って来ました。それから、すぐ、あの惨劇が起こった——」

　思い出したのか、慶次は顔を顰めた。

「私が店を出たのは、お二人ともご存知のように、清右衛門さんの収集物について八畳間で骨董屋さんたちと一緒に説明を終えて、帰ってもいいとお許しが出た後です」

　その日はまっすぐにここへ帰った、と言う。

「おまえさん、て、て、て——」

　久馬は『寺へ行ったそうだが』と訊こうとしたのだ。だが、隣の浅右衛門に思いっきり抓《つね》られた。

しゃべるなということか？

「て、て、手代……そう！　伏見屋の手代とは懇意《こんい》かえ？　あの手代についてどう思う？」

「仙吉さんのことで？」

慶次は即答した。

「別にどうとも思っておりません。知り合いというほどではないので」

「あの手代はお嬢さんにゾッコンらしいが？」

「そうですか？」

「捨て子だったのを清右衛門に拾われたとか？」

「それは、知りませんでした」

「最後に一つ。あの日、伏見屋を訪れた時、おまえさん、何か持参したものはなかったかい？」

これを聞いたのは山田浅右衛門だった。

若者は首を横に振り、目だけで笑う。

「いえ、何も。身一つで伺って、身一つで帰りました。私が何も持っていなかったことは、あの場にいたお師匠さん、後から来た鯔背《いなせ》な若い親分さん、お二人の徹底的な身体検《あらた》めで証明されたはずですが？」

「なぜ寺のことは聞いちゃいけなかったんでぇ？」

長屋を出るとすぐ、久馬は不満げに浅右衛門に訊いた。

「それにしても、あんなに強く抓《つね》るこたぁねぇだろう？　まだ、疼《うず》くぞ、イテテ」

「いやなに、寺の方は俺と久さん、二人だけで探ってみたくなったのさ」

そういうわけで、その足で寺へ向かうことになった。

総泉寺は、青松寺《せいしょうじ》、泉岳寺《せんがくじ》と並び、曹洞宗《そうとうしゅう》お江戸三箇寺と称された大寺だ。

大正十二年（一九二三）関東大震災で罹災して現在の場所、板橋区へ移ったが、この時代は浅草橋場にあった。

すぐ近くに向島に渡る船着き場があり、その一帯は、江戸切絵図には「都鳥ノ名所ナリ」と記されている。寺院の並ぶ道を下り、山谷堀を越えると、浅草寺の賑わいが伝わってくる。

「『去年まで　ただの寺なり　泉岳寺』とは言うがよ、総泉寺ねぇ？　いってぇ慶次は何が目的でこの寺へやって来たたんだろう？」

同心が口にしたのは江戸っ子が大好きな忠臣蔵、赤穂浪士に引っかけた川柳だ。泉岳寺には四十七士の墓がある。そのせいでいっぺんに有名になったことを茶化しているのだ。だが、ここ総泉寺には、そのような派手な謂《いわ》れはない。広い境内を巡ったものの、特別これと言って気にかかるものは発見できなかった。

「明日はまた伏見屋へ行って、今度は手代に話を聞いてみるとするか。浅さん、付き合ってくれるかい?」

首打ち人は笑った。

「鯉を食っちまったからなぁ」

その夜。

とっぷり暮れた草木も眠る丑三《うしみ》つ時。

伏見屋の奥座敷の襖《ふすま》がスルスルと開く。

昨夜の内に用意しておいた草履を縁先からそっと庭に下し、駆け出す影があった。

伏見屋の一人娘さわである。懐には大番頭の目を盗んで掠《かす》め取った小判。これだけでいい、後は全て置いていこう。あの人以外、私はいらないもの。

裏の紫折戸《しおりど》に手を添えた時、背後から声を掛けられた。

「お待ちください、お嬢さん、こんな夜更けに——」

蔵の陰から飛び出して、誰かが近寄ってくる。

「どちらへおいでになるんですか？」

ハッとさわは息を呑んで、声の主《ぬし》を見た。

「仙吉……」

「だめですよ、お嬢さん。何処へも行かせはしません」

「いや！　はなして……だれか……」

だが、声は途絶え、娘の影は滲《にじ》んで闇に溶けてしまった——


〈七〉


翌日。手代の仙吉に話を聞こうと、明け五つを聞くとすぐに伏見屋へ赴いた同心と首打ち人だった。

「手代の仙吉は使いで外へ出ておりますが、もうすぐ帰ってくるはず。お待ちになりますか？」

この当時の川柳に〈呉服屋の　色の黒いは　しょわされる〉というのがある。丈夫そうな者は反物を背負って外回りに出されることを面白く詠んだ句だ。大柄で逞しい仙吉もそのクチなのだろう。

久馬は手を振った。

「ま、いいや。仙吉には騒動後、十分話を聞いたからな」

主《あるじ》の清右衛門があんな死に方をしたにもかかわらず、山谷八百善の件が話題を呼んでか、ここ伏見屋も客足は落ちていない。商売繁盛こそ主人清右衛門への供養とばかり、使用人一同、頑張っていると大番頭は泣き笑いの顔で言った。

「いい話じゃねぇか！」

こういう人情話に弱い久馬は、黒羽織の袖を腕まくりして奮い立つ。

「よぉし、ここは俺たちも気張って、早いとこ下手人を捕まえねぇとな！」

娘のさわはまだ臥せっているというので、二人は離れで仙吉が使いから帰るのを待つことにした。

流石に前室の十二畳間は綺麗に片付けられ、惨劇の跡は微塵《みじん》も残っていない。清右衛門の収集品が納められた奥の八畳間は襖《ふすま》がぴったりと閉まっていた。

床の間に掛かった西洋画を、浅右衛門が改めて興味深く見つめていると、久馬が小さく叫んで庭に駆け下りた。

「おっ、可愛いじゃねぇか！　よぉし、よし、こっちへおいで」

見れば、黒猫が庭の雪見灯篭の陰にいた。首に赤い縮緬《ちりめん》の紐を結んで可愛らしい。

さっそく抱き上げて、南町奉行所配下の同心は笑みを零した。

「ほほう、見ろよ、浅さん、金目の良い猫だぜ」

「ニャーーォ」

獣にまで好かれるとは恐れ入る。

「きゃあ！　お許しください！」

すると、下女が駆け込んで来た。

「餌をあげてたら逃げ出してしまって……同心様の御召し物を汚してしまい申し訳ありませんっ！」

「いいってことよ。お召し物なんて立派なものは着ていねぇやな。あんまり可愛いんで勝手に抱き上げたってやつさ」

「どうしよう……お嬢様に暫《しばら》く外に出すなと言われていたのに……」

前垂れを揉み絞って項垂《うなだ》れる下女。歳はまだ十三を越えていないだろう。髪の赤い手柄《てがら》が猫と同じくらい可愛らしかった。

「こんな良い猫を閉じ込めるとは聞き捨てならねぇな。何て名だい？」

「クニと申します。あ、その子はクロです」

同心は鼻先に猫を持ち上げて、笑って問いかけた。

「いけねぇよ、クロ？　なんだ、おまえ、悪さでもしたのか？」

「しました！　金魚を食べてしまったんです。それで、お嬢様が叱って、罰として納戸に縛っておくようにって……」

「金魚？」

言われて、庭の久馬も、座敷の奥にいた浅右衛門も、同時に軒先を見る。八個の丸いガラス玉に八匹の金魚がキラキラ泳いでいる美しい光景がそこにあった。

――当時、金魚はこうやって楽しんだ。所謂《いわゆる》、金魚玉だ。昨日、通りで目にした金魚売りの屋台にも無数に揺れていた。

浮世絵で見るともっとよくわかる。江戸の金魚売りは掌ほどの丸いガラス玉に一匹ずつ金魚を入れて売るのである。持って帰って、伏見屋がここでやっているように、そのまま室内か軒下に吊るして楽しむことが多かった。

「クニさん！　その猫のやった悪さとやら、詳しく教えてくれ」

今度、庭に飛び下りたのは山田浅右衛門だった。

若い下女、クニの話によると――

庭の植え込みの中で空《から》の金魚玉を転がしている猫を見つけた。金魚は既に食べてしまったらしく影も形もない。お嬢様に報告したところ、猫も自分も散々《さんざ》っぱら叱られた。

「でも、お嬢様がお怒りになるのも仕方がないんです。あの金魚は慶次さんが訪ねてこられるたびに持って来たもので、旦那様もたいへん気に入っていらしたから。そんな大切な金魚を食べちまうなんて！　ほんとに悪い子！」

浅右衛門はゆっくりと訊いた。

「猫が悪さをした――中身を食べ、空っぽの金魚玉とじゃれてるのを見つけたのは、いつの話だえ？」

下女は肩を落とす。

「旦那様のお葬式の日でした。あの日は、皆、忙しくて猫にまで気が回らなかったんです。とはいえ、あんな日に殺生を犯すなんて……」

「おまえさんが見つけて、お嬢さんに知らせたんだね？　お嬢さんは猫の不始末をご存知なんだね？」

「はい。だから罰としてこのコを納戸に閉じ込めておくように言われたんです。私、今日までずっと、ちゃんと閉じ込めていました。外には出していなかったのに、よりによって同心様がいらっしゃった時に逃がしてしまうなんて。どうしよう、暇《いとま》を出されてしまう。田舎のお父っつあんに叱られる。私には下に四人も妹や弟がいて、その上、おっかさんにはまた赤ん坊が産まれたばかりなのに……私のお給金がなくなったら皆、飢え死にしてしまいますっ」

泣き出す下女に、浅右衛門は優しく言った。

「よしなよしな、泣くことはない。同心の旦那は好きで猫を抱いていると言ったろう？　万が一、こんなことでおまえさんがクビになったなら、同心様が雇ってくれるさ。猫にも人にも優しい御方だからな。それより——お嬢さんを呼んで来てくれねぇか？　できるだけ早く」

きょとんとする下女。同じくきょとんとして久馬が訊いた。

「何なんだ、浅さん？　急にお嬢さんを呼べ、なんて」

「うん、この猫のおかげで謎が一つ解けたかもしれねぇ」

「そうか？　てことは、やはり、鼠には猫だな！」

久馬は何処がどう解けたのかまだ全くわかっていなかったので、とりあえず頬ずりして猫を褒めることにした。

「えらいぞ、クロ！　火鼠《ひねずみ》のなんとやらを取っ捕まえられそうだとよ！」

「ニャー」

だが、笑っている暇はなかったのだ。時を置かず、さっきの若い下女が血相を変えて女中頭と駆け戻って来た。

「た、大変です！　お嬢様がいませんっ！」

女中頭は金切声で叫んだ。

「同心様のご命令通り、お嬢様のお部屋に声をかけたところ返事がなくて……まだお休みかと思って私が襖《ふすま》を開けると、部屋は蛻《もぬけ》の殻……それだけじゃない、隣室のばあやもいないんです！」

「なんだと！」

女中の言葉通り、娘の部屋も空《から》、続くばあやの部屋も空だった。

「二人とも布団が敷いたままだな？　但《ただ》し、娘は寝た形跡がないが、ばあやの方にはある……」

「それが重大な意味を持つのか、浅さん？」

久馬の問いには答えず、浅右衛門は離れへ駆け戻った。前室を抜け、奥の間の襖《ふすま》を開け放つ。

そして、収集品を今一度見回した。天神様の掛軸、タルモメイトル、エレキテル、万歩計、磁針計、金、銀、銅、磁石にかんすい石。振り返って十二畳の床の間の油絵、その下の緑の大皿、模様は万国地図……


――これは何焼きと言うんだい？

――平賀焼と申します。


追って来た久馬は、首打ち人の絶望の声を聞いた。

「なんてことだ！　答えはここに初めから全部並べられていたのに！　俺はバカだった。これを見た時にすぐに気づくべきだった……！」

「いや、安心しろ、浅さん、あんたが馬鹿なものか。俺を見ろ。俺なんか、未だにさっぱりわからねえからよ」

「！」

振り返って、まじまじと友を見る。そこに、大真面目に自分を慰めようとしている男の顔があった。

「プ」

噴き出してしまった。笑いとともに焦燥感や嫌悪感——悪いものがいっぺんに流れ落ちた気がして、代わりに希望や勇気が湧いてくる。

大丈夫、まだ間に合う……！　この男が笑っている限り、何とかなる。そうに決まってる！

「あんたは、良い男だな！　底抜けに」

「今更なんだよ、浅さん。やっと気づいたのか？　そうさ、よく言われらぁ『傾城《けいせい》も尾羽うち枯らすイイ男』ってね！」

「いや、そっちの意味じゃやねぇ」

「大変なことになったそうで——」

ここで竹太郎も駆けつけて来た。

「来たな！　竹さん、頼みがある。これを下っ引きに持たせて慶次の長屋に届けさせてくれ」

浅右衛門はさらさらと一筆したためた。

《墓で待つ。山田浅右衛門》

「合点承知！　で、その後、あっしは何をすればいいんで？」

「竹さんはここで手代の仙吉を待て。店の者と示し合わせて、できるだけ普段通りの素知らぬふりをしているといい。それで手代が帰って来たところを押さえるんだ。俺の読みが正しければ、お嬢さんの行方は仙吉が知ってるはずだ」

今はそれを願うしかない。自分の推理を信じるほかはない。

「では、俺たちは行こう、久さん！」

「おうよ！　浅さん！」


〈八〉


「長屋に直接出向かずに慶次をここへ呼び出したのは何故でぇ？」

黒沼久馬と山田浅右衛門が立っているのは、浅草橋場の総泉寺境内である。

久馬の問いに、浅右衛門は穏やかに答えた。

「ここの方が慶次さんも話がしやすいんじゃないかと思ってね。それに長屋は狭過ぎる。斬り合いをするには」

　久馬はギョッとした。

「え？　斬り合い？　斬り合いになるのか？」

「もう――」

　浅右衛門は久馬を突き飛ばした。

「なってる――」

　ビンッ！　先に風が来た。続けて振り下ろされる刃。浅右衛門は右に飛びのいて鞘を払った。切っ先は左、瞬時に薙《な》ぎ払う。ギシッと鳴る嫌な音とともに相手の大刀が飛んで、真向かいの墓石横の草地に突き刺さった。

　直後、右腕を押さえて慶次が倒れる。

「掠《かす》っただけだろ？　深くは斬っちゃあいない」

　抜いた時とは反対に、浅右衛門はゆっくりと刀を鞘へ納めた。

「やっぱり。おまえさん、侍だったか……」

「ハナから勝てるとは思っちゃいません。公儀御様御用、天下の首打ち人に私は斬ってもらいたかった」

「そりゃあ無理というものさ。私はお役目以外で人は斬らねぇよ」

慶次は引き攣った笑い声を漏らした。

「あの人も山田浅右衛門に斬ってほしいと望んだろうに……」

「やはりな。おまえさんはこの人と関わりのある者なのだな？」

浅右衛門は墓が見えるように体をずらす。

墓石に刻まれた名は――


平賀源内《げんない》。


「伏見屋のあの収集品の棚を見た時に気づくべきだった。エレキテル、タルモメエトル、万歩計、磁針計……あれらは全て平賀源内の生み出したものだ。それから、長屋であんたが模写していたあの絵。その手本だという、伏見屋の離れの床の間に飾られていた油絵も、あんたが持ち込んだというからには源内の真筆だね？」

「え――っ⁉　あの西洋画が平賀源内の絵だって？　紅毛人《いじん》が描いたんじゃないのか！」

突き飛ばされてよほど派手に転がったと見える、草や落ち葉を髷《まげ》と黒紋付きにくっつけて這い出して来た南町定廻り《じょうまわ》同心は、ここで再度、腰を抜かしそうになった。

「久さん、我が日ノ本で最初に油絵を描いたのは平賀源内なんだよ」

浅右衛門は低く息を吐く。

「〈西洋婦人図〉……話には聞いていたが、あれがそうだったのか」

清右衛門がわざわざ切り取って飾っていた〈蔗《サトウキビ》を軋《しぼ》りて漿《みず》をとる図〉も鳩渓山人自画と記されていた。その名は、源内の数多い別名の一つだ。

「だから、もっと早く気づくべきだった、と俺は言ったのだ」

その他、平賀源内が我が国〝初〟としてやったことは数知れない。

「まさに天才と呼ぶにふさわしい御人だったんだろうな」

まず、全国の特産品を集めた日本初の博覧会を開いた。その成果を本にまとめたのが〈博物図鑑物類品隲〉。清右衛門が飾っていた絵はここから切り取ったものだ。油絵を最初に描いたことは既に言ったが、自分が獲得したその西洋画法を、絵師の小田野《おのだ》直武《なおたけ》に伝授している。この小田野直武は〈解体新書〉の挿絵を描いた。

羊を飼って毛織物生産をし、珍石・奇石の仲買人、鉱山開発、異国へ輸出するための陶器製作……

「ほら、離れの床の間にあった緑の焼き物がそれさ。万国地図の模様だった。あれは舶来品じゃなくて、その反対、我が国から外国への輸出品だ」

浅右衛門は振り返って慶次を見つめた。

「慶次さん、あんたの部屋にあったのは角皿で、模様は樹下人物像だったな。焼き物の名称が〈平賀焼〉で鈴木晴信の工房の産だと教えてくれたっけね？」

明和の時代に活躍した浮世絵師・鈴木春信は源内と親交があった。一緒に絵暦交換会を催したし、春信は自分の工房で平賀焼の製作を請け負ったと記録に残っている。更に言えば、浮世絵で多色刷りの技法を編み出したのも源内だ。版画界に革命をもたらした色とりどりの鮮やかな浮世絵の生みの親こそ、源内なのである。

「ここに竹さんがいたら続けて言うだろうな。源内は絵心のみならず文才も半端なかったと」

実に戯作《げさく》の開祖も、平賀源内なのだ！

戯作においては風来山人《ふうらいさんじん》、浄瑠璃では福内鬼外《ふくちきがい》の名を使って活躍した。

〈風流志道軒伝《ふうりゅうしどうでんけん》〉は出版するや大人気を博し、現在の浅右衛門たちの時代である天保の世は言うに及ばず、明治に至るまで読み継がれている。

源内の別名はこの他、事業家としては天竺浪人《てんじくろうにん》。細工物制作では貧家銭内《ひんかぜにない》を使用した。

「さあ、教えてくれ。おまえさんと源内の関わりを。そして、何故、清右衛門を殺めるに至ったか、その理由も」

「むむ！　ということは、やはり清右衛門を毒殺したのはこの男なのか？」

「そう、金魚玉を使ってな」

久馬が目を剥いた。

「えええ？　俺ぁ、まずそっちが知りてぇ」

「……伏見屋の軒先に揺れていた金魚たち。それを手土産にして持ち込んだのは慶次だった。これはさっき伏見屋の新入りの下働きが教えてくれたことだ」

俺の推理はこうさ、と言って浅右衛門は話し始めた。

「金魚玉の形状を慶次は利用したのだ。幾度か金魚を土産にした経験からあの日、毒を入れた金魚玉を袖にでも隠して持ち込み、挨拶に回る際、その毒を何気ない顔で主《あるじ》の膳にかけた。後は縁先に出て、それこそ金魚でも愛《め》でるふりをして、人目がない時に空の金魚玉を植え込みに投げ捨てれば終《しま》いだ。万が一、金魚玉を見咎《みとが》められても、今日も手土産にしたんだと言えば怪しまれない」

それを裏付ける手証もある、と浅右衛門は言葉を続ける。

「慶次さん、おまえさん、長屋で平賀焼の小鉢に一匹金魚を飼っていたね？　あれは毒を入れるための容器として金魚玉を買った際の中身だろう？　必要なのは入れ物だったが、あんた、金魚を捨てるのは可哀想で、小鉢に水を張ってそこに移したんだ」

「お見事、その通りです」

あっさりと慶次が頷いた。

「変な奴だとお思いでしょう？　自分でもわけがわかりません。人は殺せたのに金魚を捨てられなかったなんて」

乾いた笑い声を上げた後で、言った。

「毒は清右衛門さんの膳にあった酒瓶と、膾《なます》にかけました」

「その毒は何処から入手したんだ？」

同心のこの問いに、酷《ひど》く明るい声が返って来た。

「私は秩父《ちちぶ》の山っ子でしてね。私の一族は鉱山を領地としていました。ほら、清右衛門さんの収集品の棚でもご覧になったでしょう？　金銀銅。奇石を提供したのも私です。でも、清右衛門さんには渡さずに私の長屋に残しておいた石がある。それが砒石《ひせき》です」

「う」

浅右衛門は呻き声を漏らした。久馬も息を呑んで浅右衛門を振り返る。

「砒石って、そいつぁ……砒素《ひそ》の元だろ？　あのおっとろしい劇薬の？」

「そうさ、久さん、別名〈石見《いわみ》銀山ねずみ捕り〉、あれさ」

現在で言う硫砒鉄鉱《りゅうひてっこう》である。

この時代は殺鼠剤《さっそざい》として流通していた。広小路で爽やかな夏の屋台や、ぼてふりと擦れ違った久馬と浅右衛門だったが、その中には菅笠《すげがさ》に〈石見銀山ねずみ捕り薬〉と大書した幟《のぼり》を持った売り子もいたかもしれない。

ちなみに〝石見銀山〟は産地名ではなく商標名だ。実際は石見銀山では硫砒鉄鉱は採れない。また、この劇薬の販売元締めは日本橋馬喰《ばくろ》町吉田屋小吉だと記録にはある。

「その砒石を水に溶かして……後は山田様の推理通り、金魚玉に入れて持ち込みました」

慶次は首切り人に斬られて膝を突いたままだった地面に、改めて姿勢を正して座り直した。

「ここまでばれた以上、全てお話しいたします。私の本名は中島慶次郎《なかじまけいじろう》。秋田は秩父郡中津村の出身です――」

こう言って、若者は語り始めた。

「秋田の秩父には鉱山と目される山が多くありましてね。平賀源内はそこで多くの鉱物を発見しました……」

明和元年（一七六四）、平賀源内は石綿を発見した。

記録では、続いて、地元の武士・中島利兵衛《りへえ》の協力を得て金・銀・銅・緑青《ろくしょう》・たんぱん・磁石……多くの鉱物の発掘にも成功したと記されている。

明和三年、この中島一族と共同で本格的な金山採掘を開始したが、明和六年に突然中止された。源内は江戸へ帰還し、二度とその地に戻っていない。

歴史書で論じられる〈源内の金山事件〉である。

「うむ、詳しい事情は明らかになっていないが、何やら地元の勢力と軋轢《あつれき》が生じたらしいな。中島姓というからには、おまえさんはその系譜かい？」

「秩父滞在中の平賀源内と、中島家の娘との間に生まれたのが私の祖父です」

ともに息を呑む同心と首打ち人。

「え？」

「そうだったのか……」

慶次は淡々と先を続けた。

「一族の中にあって祖父は肩身の狭い思いをしました。その家筋の私も同様です。それで、復讐というのでもないのですが、私は源内が当時秩父で発掘した、石綿を元に作り出したという不思議な布の再現を目論んだのです。それは火に入れても決して燃えることがない驚異の防火布です。この布を源内は〈火浣布《かかんぷ》〉と命名しています」

　私も色々試してみたのですが、と慶次は首を振った。

「自分の才能と技術では無理だった。そこで――」

「古い発明品や道具の収集家として有名な伏見屋清右衛門に近づいたと？」

　浅右衛門の言葉に、慶次は素直に頷く。

「そうです。清右衛門さんは予想通り、私が欲する火浣布の現物を持っていました！　私は実家に残っていた源内の私物や、遺品として自分が受け継いだ珍しい品々を、いくつも清右衛門さんのところへ持ち込みました。最終的にそれらの物品と交換で、火浣布を譲ってもらおうと思っていたのです」

　久馬が確認した。

「だが、それが叶わず清右衛門を殺めて奪い取ったというわけか？」

「ええ」

「火浣布……これで繋がった！」

　叫んだのは浅右衛門だ。

「〈火浣布〉は漢語の表現。それを日本語では〈火鼠《ひねずみ》の皮衣《かわごろも》〉というのだ」

いかにも源内らしいではないか！

平賀源内は自らが生み出した、燃えない驚異の布に火山の中に住む魔獣の名を冠したのだ……！

「てぇことは……やはり清右衛門は死ぬ間際に自分が殺される原因を言い残そうとしたのか。これを欲している者こそが下手人だと」

同心の顔に戻って、久馬は質した。

「では、その火浣布《かかんぷ》とやらは、今、おまえが持っているのだな、慶次郎？」

「はい。自分の住まい——蛇骨《じゃこつ》長屋に置いてあります。お返ししますよ」

淡々と慶次は応じる。

「こうなった以上、観念しました。色々奔走して——結局何もかも失敗したが、一つだけ、叶いそうな夢もあるかな？」

薄く笑って、続けた。

「さっき、お役目でしか人は斬らないと言われましたが、山田様？　今度こそ、曾祖父とは違って私は斬首していただけるんでしょう？　私は健康な毒殺犯ですから」

「——」

三人の眼前にある墓に眠る平賀源内は安永八年（一七七九）、自宅で誤解から大工の棟梁二人を殺めて小伝馬町の牢座敷に投獄された。だが裁きを受ける前に、獄舎で病死している。

安永八年十二月十八日、享年五十二歳。浅右衛門の二代前、五代目・山田浅右衛門の時だ。

天才のあまりにも憐れな死に様ではないか。それ故《ゆえ》に墓に建てられた碑にはこう刻まれた。

〈嗟非常人　好非常事　行是非常　何死非常〉

《ああ非常の人。非常のことを好む。行いこれ非常なり、なんぞ非常に死するや》

変わった人物だった。変わったことを好んだ。行動も変わっていた。だが、どうして、死に方も変わっていなければならないのか？

無二の友、かつて解体新書を編集した、杉田玄白《すぎたげんぱく》の嘆きの撰文《せんぶん》である。

〈九〉


南町奉行所同心・黒沼久馬は長屋へ戻る道中、慶次こと中島慶次郎に縄を打つことはしなかった。流石に腰の大小は預かったが。

これで一件落着だ。伏見屋の主《あるじ》・清右衛門毒殺事件は無事解決された。

ところがそうではなく、もう一波乱待っていた。長屋の木戸を入った瞬間——

「慶次さん！」

飛びついて来たのは、伏見屋の娘さわである。

「さわさん？」

「待ったああ！」

続いて駆け込んで来たのは竹太郎だ。

「くそ、やっと……捕まえた！」

汗を拭いつつ、荒い息で竹太郎は報告した。

「めんぼくねえ！　山田様の言った通り、手代の仙吉がお嬢さんの居場所を知っていやした！　仙吉の言うには、昨晩、自分はお嬢さんが家を抜け出すのを目撃した――」

気にかけていたからずっと見張っていた、と仙吉は明かしたそうだ。

「追いかけて止めたところ、慶次のもとへ行く、駆け落ちすると言って聞かねえ。それでいったん蔵に閉じ込め、即、ばあやに知らせた」

駆け落ちなどと一度でも悪い噂が立ったら、お嬢様の将来にかかわる。とにかくばあやに傍で見張ってもらって、落ち着くのを待っていたとのこと。何のことはない、娘もばあやも、伏見屋敷地内の蔵の中にいたのである。

さわの方の夜具に寝た形跡がなく、ばあやにはあった。その理由こそ、これだ。

昨晩、暗くなるのを待って娘はさっさと家を飛び出した。何も知らず寝ていたばあやは事情を告げにやって来た仙吉に起こされて、急いで布団から這い出した――

「ですが、仙吉に案内されて蔵の中で無事を確認していたところ、スキを突いて逃げられちまった――」

結果、こうして日本橋堀留町から、浅草は田原町、蛇骨《じゃこつ》長屋までずっと追って来たというわけだ。

「チキショウメ、〈曲木の松〉の息子、この思惟竹様の足を撒くとは、てえしたものだ！」

「慶次さん！　慶次さん！」

さわは慶次に縋《すが》って泣きじゃくった。それから、同心に涙に濡れた顔を向ける。

「同心の旦那様！　これは何かの間違いです！　この人は何もしていません‼　どうか、どうか、お許しを！」

「いや、嘘はいけねぇよ、さわさん。慶次さんがおまえさんのお父っつあんを殺めたのは、おまえさんが一番よく知ってるはずだ」

浅右衛門の声だ。

「え？」

吃驚《びっくり》して、久馬は友の顔をまじまじと見つめた。

「猫がじゃれていた金魚玉の容器を見た瞬間、誰がどうやって毒を持ち込んだのか、あんたは気づいた。だからこそ庇おうとして、猫が金魚を食べたと叱り、納戸に閉じ込める狂言まで演じたんだろう？」

地に染み渡るような静かな声で、浅右衛門は続ける。

「猫がじゃれていた金魚玉は、元々毒を運ぶために使用されたものだ。毒を清右衛門の膳にかけて空になった後、見つからないように庭の植え込みに投げ捨てたが、あそこに金魚なんて入っていなかった……」

現に軒下の金魚の数は、清右衛門の葬式の前と後で減っていない。八個の金魚玉に八匹の金魚。夏の陽射しの下、キラキラ泳いでいた――

「それは本当ですか？」

ビクリとして慶次が声を上げる。

「お嬢さんが気づいていた？　そして、私を庇おうとした？」

「そうよ、その通りよ！　私は気づいていました。だからこそ――」

同心の足元に走り寄り、地面に両手をついて、大店《おおだな》の娘は懇願した。

「見逃してください、同心様！」

雪洞《ぼんぼり》のような花簪《はなかんざし》を揺らして、伏見屋の娘は訴える。

「お父っつあんの死は悲しいけれど、もうどんなことをしてもお父っつあんは戻っては来ない。ならば、慶次さんを捕まえたところで何になりましょう？　私たち、二人で江戸を去ります。一生戻って来ないと誓います。何処か遠い田舎でひっそり暮らします。だから、どうか慶次さんのことは見逃しておくんなさい！」

娘は必死の形相だった。これがあの、ばあやと抱き合って啜《すす》り泣いていたのと同じ娘だろうか？　細い首をキッと伸ばして、同心の瞳をまっすぐに見つめている。

「慶次さんがお父っあんにあんな真似をしたのは、私のせいでもあるんです。私、お父っつあんに無茶を言いました。慶次さんと夫婦《めおと》になりたいって。婿《むこ》は慶次さん以外考えられない、他の人は絶対嫌だって。それで——あの恐ろしい宴の前日、お父っつあんは慶次さんと二人、離れで長いこと話し合っていました」

「なに？」

これは初めて聞く話だ。

「私、心配で廊下で聞いていたんです。そしたらお父っつあんが慶次さんを罵倒する声が聞こえて、私のことで怒鳴られたのだとわかりました」

娘は胸を押さえた。

「私、慶次さんの気持ちがわかります。私も、あの凄まじい怒鳴り声を聞いて、お父っつあんが憎いと思いました。いなくなればいいって」

流石に久馬が優しく窘《たしな》める。

「馬鹿なことを言っちゃあいけねぇよ、さわさん。軽々しくそんなことを口にするもんじゃねぇ」

「でも本当のことです！　私も同罪なんです。夫婦になることを許してくれないお父っつあんを、私は憎みました。いなくなればいいと心から願いました。私たちは一心同体なんです！　だから——慶次さんを捕まえるなら、私もお縄にしてください！」

「む、む……」

地面についた娘の白い手、その桜色の爪。こんな展開は予測していなかった。

「同心様！　私たちの命を助けて！　私と慶次さんを一緒に逃してください！　お金なら、いかほどでも都合いたします！」

「いや、金なんかいらねえ。いらねぇが――どうする浅さん？」

「久さん――」

冴えた声が響いた。

「それは無理です。お嬢さん」

そう言ったのは――浅右衛門ではなく、慶次だった。

「お伝えしたいことがあります。どうもお嬢さんは誤解をなさっているようだ。私は極悪人なんです。とてもお嬢さんとは夫婦になれる人間ではないのです。お聞きください」

慶次は、同心と首打ち人の顔を交互に見た。

「今回の出来事には、お嬢さんはもとより、同心様も、山田様も、知らない事実があるのです。先刻、平賀源内の墓前でその部分は詳しくは語りませんでした。何故、私が清右衛門さんを殺して火浣布を持ち出したか、その本当の理由——一番の謎について、今こそお話しいたします」

卍

ギヤマンのランプの焔が揺れている。カチコチ鳴っているのは時計屋佐兵衛《さへえ》が延宝元年（一六七三）に作ったという自鳴磐《とけい》だろうか？

招き入れられた離れの奥の間。

遂に見せてもらった至宝を、中島慶次郎は息をつくのも忘れて見入った。

「……これが……火浣布《かかんぷ》……」

と、清右衛門の声が響く。

「慶次さん、私が一人娘のさわの婿《むこ》選びに頭を悩ませているのはご存知でしょう？」

その時、慶次郎はまだ感動に打ち震えて手中の布を凝視していた。

「さわは、私の一番の宝です。それに比べたら、ここにあるものなんざ、何の価値もない」

ほうっと一つ、伏見屋の主《あるじ》は息を吐く。

「その可愛い可愛いさわがね、言ったんです。お父っつあん、私は慶次さんと夫婦《めおと》になりたい」

「えっ？」

初めて慶次郎は布から目を上げた。

「慶次さん以外とは契らない。慶次さんと一緒になれないなら大川に身を投げる……困ったものだ。それでね、私は決めました」

「――いいですよ。わかりました。皆まで言わずとも結構です」

遮《さえぎ》って、きっぱりと慶次郎は言った。

「清右衛門様の御悩みを解決して差し上げましょう。私は姿を消します。金輪際《こんりんざい》、お嬢様や清右衛門様の前に現れないと誓いましょう」

「え」

「但《ただ》し――この布と引き換えに」

慶次郎は手中の宝を握りしめた。

「この珍しい布、火浣布を私に譲ってください！」

暫《しば》しの間《ま》。

「どうです？　安い取引でありませんか？」

長い長い間。

遂に口を開けた清右衛門の顔はどす黒く、憤怒に歪んでいた。

「この、罰当たりめ！　わ、わ、私の娘を……こんなぼろ布と引き換えにするというのかっ！」

「……？」

「おまえは、私のさわより、その布が欲しいのか？」

清右衛門は飛びついて慶次郎から布を奪い取った。

「出て行け！　この野良猫め！　今まで可愛がって来たというのに。こ、これからだって……さわが望むならおまえでいいと私は思ったんだ！　この家屋敷、全てくれてやろうと思ったのに！」

烈火の如く怒り狂って、清右衛門は喚《わめ》き続ける。

「今まであれの欲しがるものは何でも手に入れてやった、願いは全て叶えて来た伏見屋清右衛門だぞ！　だから、さわがおまえを婿《むこ》にと望んで……それがさわの幸せなら、そうするつもりだったのに！　だが、これまでだ！」

布を鷲掴みにしたまま腕を振り回す伏見屋清右衛門は、鬼のような形相だった。

「おまえが選んだんだ！　さわより、このぼろ布がいいと！　そんな奴に娘は渡せぬ！」

「清右衛門さん――」

「出て行け！　私と、何より娘の顔に泥を塗ったおまえに、二度と伏見屋の敷居は跨がせぬ！」

怒鳴った後で、清右衛門はふっと口を閉ざした。

「いや、待て。もう一度だけ、明日の宴には来てもらおう。だが、それが最後だ」

肩を揺らしながら、清右衛門は言った。

「いいか？　明日、私は婿には別の者を指名する。さわは悲しむだろうが、おまえに拒絶された――そんなぼろ布の方が良いと言われたと知るよりは遥かにましだろう」

ブルブル震える手の中の火浣布を見つめて、清右衛門は念押しした。

「おまえに袖にされたなどと、あの子に知らせるわけにいかないからな。婿にはおまえではない、別の者を、私が選んだことにして申し渡す。おまえはその後、消えろ」

改めて若者の顔を睨みながら、伏見屋の主は命じた。

「私の言ったことがわかったか？　わかったのなら……さあ、とっとと出て行け！」

卍

「これでおわかりになったでしょう？　私が清右衛門さんを殺したのは、お嬢さんとの仲を咎《とが》められたせいじゃない。その反対なんだ。全くの逆。先に私が婿入りを断ったから、清右衛門さんがお怒りになり、激しく罵られ、火浣布《かかんぷ》は渡さないと言われた。私とは二度と会わない、伏見屋へ出入りもさせないと申し渡されてしまった。だから、私としては自分が出入りできる最後の日に、ああする他なかったのです」

「そんな……うそ、嘘……」

袂《たもと》を胸に抱いて、呉服屋の娘は激しく首を振る。

「嘘よ！」

「いや、これが本当のことなんです」

若者は苦笑した。

「どうも私は肝心のところでヘマをしたらしい。私としては良い提案だと思ったのですが、まさか、清右衛門さんがあれほど怒り狂うとは思いもしませんでした」

「……あなたが欲しかったのは、そのなんとかという布だったの？　私じゃなくて？」

「ええ。私はハナから火浣布を手に入れる目的で清右衛門さんに近づいたんです。火浣布を自分のものにすること以外、考えていませんでした」

呆けたように娘は繰り返した。

「あなたが欲しかったのはその布……私じゃなくて……」

「それでは、火浣布を取って来ます」

慶次郎はそう言って、長屋の自室へ入って行った。

残された久馬も、浅右衛門も、言葉が出ない。竹太郎も、さわも、その場を動けなかった。

どのくらい経っただろう。久馬が身じろぎした。

「おい、ちぃっと遅過ぎねぇか？」

「はっ」

浅右衛門も顔を上げる。

「おい、久さん？」

「くそっ、一人で逃げやがったな！　だから、俺は甘いと言われるんだ！」

戸を蹴倒して飛び入った二人が見たものは——

逃亡よりも始末の悪い、最悪の結末だった。

慶次は喉を破魔矢で刺し貫いて、絶命していた。

その横に置かれている丁寧に畳んだ布。

「火浣布《かかんぷ》？　これが……」

そう呟いた久馬がギョッとして、浅右衛門の顔を見た。

「おい、浅さん、これ……」

そう、あの日、離れの散乱した膳の脇に置かれていた雑巾ではないか！

悶絶する清右衛門、混乱の坩堝《るつぼ》と化した室内で、慶次は素早く収集棚から火浣布を持ち出し、いったん人目につくところに置いた。その後、道具類を説明するために骨董屋たちと再び離れへ戻り、帰り際、今度こそ何食わぬ顔で自分の欲するものを持ち出したのだ。床から掬い取った雑巾、それこそ火浣布だった……

「手の込んだ真似をしやがって！」

久馬は歯噛みして口惜しがる。完全にしてやられた。

「だがよ、こんな死に方はねぇだろう？　大小を取り上げられたとはいえ、よりによって縁起物の破魔矢なんぞで」

それに答える首打ち人の声は掠《かす》れていた。

「久さん、破魔矢もな、平賀源内の生み出したもの——発明品なんだよ」

「へ？」

その通り。

源内が自作の浄瑠璃〈神霊矢口渡《しんれいやぐちのわたし》〉の宣伝として作ったところ、これが評判を呼び上演は大成功。作品の舞台である新田《にった》神社に詣でてこの破魔矢を持ち帰るのが、新し物好きの江戸っ子の間で流行した。以来、他の神社にも破邪のお守りとして波及、定着したのだ。当初の名称は〈矢守《やもり》〉だった。五色の和紙と竹でできている。

子孫の慶次が持っていたところを見ると、源内手製の試作品かもしれない。慶次はこれも、火浣布を譲り受けるために清右衛門に渡そうと用意していたのだろうか？

中の異変に気づいたさわが、竹太郎の腕を振り切って駆け入って来た。

「いや！　慶次さん！　慶次さん！　いやあああぁぁぁぁ……」

切ない絶叫は同心と首打ち人の胸を抉《えぐ》って、いつ果てるともなく響き続けた。


〈十〉


「久さん、あんた、逃がそうとしたろう？」

浅右衛門の声が水面を揺蕩《たゆた》って消えて行く。

伏見屋の主《あるじ》・清右衛門毒殺騒動が解決してから数日後。

今回の捕り物にかかわった同心と首打ち人、代理の岡っ引きの三人は何処へ行くともなく隅田川べりをブラブラ歩いていた。

「今回のあらましは俺たちだけしか知らねぇんだ。全くわけのわからない奇妙奇天烈《きみょうきてれつ》な謎のまま、下手人不明として二人を逃がそうと思ったな？」

「かもしんねぇ」

南町定廻り《じょうまわり》同心は、両腕を空に突き出して大きく伸びをした。

「あーあ、今度もさ、自分の甘さは救いようがねぇとつくづく思い知ったよ。この甘さこそ毒だ。一体、俺は何度やらかしたら気が済むんだ？」

そもそも、最初からして甘かった。早い段階で伏見屋の娘のさわに、きっちり話を聞けば良かったのだ。それから、捕らえた慶次に縄を打たなかったこと。一人で長屋の自室へ火浣布《かかんぷ》を取りに行かせたこと……数え上げたらきりがない。

「こんな大甘な俺にくらべりゃあ、慶次は天晴《あっぱれ》だったな。あいつはブレなかった。さわに惑わされず、きっちり自分の悪行を洗い浚い明かしたんだからよ。慶次は正直者だった」

「何が正直なものか！　あいつは大ウソつきのコンコンチキですぜ」

岡っ引き代理、戯作者《げさくしゃ》志望の竹太郎は首を横に振る。

「あいつはさわを好いていたのさ。だからこそ、最後の最後で守ろうとした。さわの幸せのために嫌われ役に徹したとあっしは思いますね」

　ピシッと言い切った竹太郎が、渋い顔で続けた。

「さわが、毒を持ち込んだのは〝誰か〟を察した上で、手証の金魚玉に関して狂言を演じたのをまずいと思ったたんでしょう。自分が捕まった以上、お調べの段階で、下手したらさわも〈共犯者〉としてしょっ引かれかねない。何より、お嬢さん、あの調子じゃ、自分から共犯だったなどと言い出しそうだったものなぁ」

「え？　そうなのか？」

「何を今更。現に旦那の前でも、自分は同罪だ、などとあぶねえことを口走ってたじゃねえですか。ブルル」

　戯作者志望は大げさに身震いしてみせる。

「八百屋お七じゃねぇが、恋する娘ほどおっかないものはねえや。あのままでは自分一人の斬首で済まなくなることを慶次は悟ったんですよ」

　久馬は口をへの字に曲げて考え込んだ。

「まさか大店《おおだな》のお嬢さんがあれほど自分を好いていて、その上、それを知った父親が易々と二人の仲を許すとは、慶次には思いもよらなかったんだろうな。あいつは清右衛門の囲碁友達だって話だったがよ、あの一手——いきなり『布をくれ』とやっちまった、その悪手のために全てを台無しにしたとも言える」

「みんな悪手さね」

ボソリと浅右衛門は呟いた。

「こないだの竹さんの名言通り、娘は燃える恋衣を纏ってるから仕方ねぇとしても……清右衛門も俗に言う〈子故《ゆえ》の闇〉〈子を持つ闇〉というやつさ」

そして、ふと思い出して付け足す。

「清右衛門は火鼠《ひねずみ》より——〈鼠の嫁入り〉の父鼠だぁな」

パチンと指を鳴らす竹太郎。

「なるほどね！　あれも娘可愛さのあまり、婿《むこ》選びでドツボに嵌《はま》る鼠の話でしたねぇ」

目を上げて、浅右衛門は空の高いところにある雲を暫《しばら》く見つめていた。広い川幅の対岸は夢のように霞《かす》んでおぼろげだ。ただ水面だけがキラキラ光っている。

「俺も、『慶次は嘘つき』に一朱、張るかな。俺に斬られたいと言っていたくせにちゃんとお裁きを受けないままで、あれはない……」

「なんだかなぁ、慶次も、器用なんだか不器用なんだか……」

しんみりとした口調で、竹太郎は言い添えた。

「その辺り、平賀源内《ごせんぞ》の血を引いちまったんですかね？」

久馬は何に腹を立てているのだろう。鳥を目で追いながら、ぶっきらぼうに吐き捨てた。

「まあ、正直者か嘘つきか、はたまた器用か不器用かは置いといてもよ、これだけは言える。あいつは悲しい男《ヤツ》だったよ」

いつになく、虚しさだけが残る事件だった。

「俺はこんな事件は二度と御免だぜ」

謎は全て解いたのに。そして、夏だというのに。三人を吹き過ぎる川風の冷たいことよ。

手向けの花を流すように、首打ち人は水面へ低く呟いた。

「『長閑《のどか》さや　鼠の舐める　角田川』……」

「その句は……一茶だろ、浅さん？」

「珍しい！　無粋なくせに、どうしてわかったんで？　黒沼の旦那？」

「ケダモノの句は一茶が多いんだよ。なあ、浅さん？　あんた、前、俺を鹿の子と言ったっけ」

「先に、俺を狼と言ったのは久さんだぜ?」

どうやら、花のお江戸にはケダモノがたくさん暮らしているらしい。

悲しい鼠の話はこれまで。

著者累計
60万部
突破!
川口雅幸の感動
からくり夢時計
DREAM ∞ CLOCKS
ハードカバー
定価:本体1500円+税
軽装版
定価:本体1000円+税
文庫版
上下巻各定価:本体570円+税
UFOが
くれた夏
A Summer with UFO
ハードカバー
運命というのは
自分自身で切り開いていく
ものなんだ——
定価:本体1700円+税

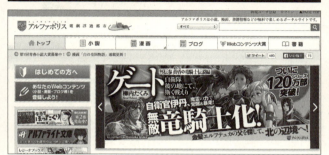

本書は、「小説家になろう」（http://syosetu.com）に掲載されていたものを、加筆・改稿の上、書籍化したものです。

アルファポリス文庫

ケダモノ屋《や》　定廻《じょうまわ》り同心《どうしん》と首《くび》打《う》ち人《にん》の捕《と》り物控《ものひかえ》

二上　圓（ふたがみ まどか）

2018年 4月 5日初版発行

編集ー反田理美・羽藤瞳
編集長ー塙綾子
発行者ー梶本雄介
発行所ー株式会社アルファポリス
〒150-6005 東京都渋谷区恵比寿4-20-3 恵比寿ｶﾞｰﾃﾞﾝﾌﾟﾚｲｽﾀﾜｰ5F
TEL 03-6277-1601（営業） 03-6277-1602（編集）
URL http://www.alphapolis.co.jp/
発売元ー株式会社星雲社
〒112-0005 東京都文京区水道1-3-30
TEL 03-3868-3275
装丁イラストートリ
装丁デザインーAFTERGLOW
印刷ー中央精版印刷株式会社

価格はカバーに表示されてあります。
落丁乱丁の場合はアルファポリスまでご連絡ください。
送料は小社負担でお取り替えします。

ISBN978-4-434-24372-1 C0193